おとな時間の、つくりかた

山本ふみこ

PHP文庫

○本表紙図柄＝ロゼッタ・ストーン（大英博物館蔵）
○本表紙デザイン＋紋章＝上田晃郷

ごくごくあたりまえのような気がしていることを、
シアワセと気づくことこそが、永遠。

一歩一歩——文庫化にあたって

この本を書いたのがほんの四年前だというのに、ひどく遠いことのように思えます。まるで、はるかかなたの風景を眺める気持ちです。

いちばんには、東日本大震災（二〇一一年）を目《ま》の当たりにする以前のわたしが書いているからだと思われます。当時（二〇〇九年）は、だいぶ呑気《のんき》でした。朝風呂のはなしを書いたりしていますが、震災後、何か月もお風呂なしの生活がつづいた被災地の様子を知るや、とてもではありませんが、朝風呂には入れなくなりました。

東日本大震災を知らない、遠いことに思えるこの本ですが、なつかしさはあります。時間と相撲《すもう》をとっていたわたしが、なつかしいのです。

「発気揚々（はっけよい）」「残った残った」

みずからの人生という土俵の上で、時間と組みあい、相手を知ろうとし、お互いの関係を理解しようとしていたのです。その組みあいを記録した本書は、いきおい荒削りではありますが、当時の奮闘、こんがらかりが、わたしには必要なものだったことを思わせます。

そうですね、現在はそのおかげもあるのでしょう、時間とは幾分うまくつきあえるようになっているでしょうか。うまく、というのは、相手を要領よくあしらうという意味ではまったくありません。わたしは、時間に、人生のたのしみをおそわりました。そしておそわったのは、むしろ要領なんかとは一切かかわりのない、一歩一歩（の過程）のたのしみでした。

時間を短縮したり節約したりすることに夢中になり、手間を惜しみ、揚げ句結果だけをもとめるというなら、人生のたのしみなどないことになる。そのことをわからせてもらっただけで、わたしのものの見方はずいぶんと変化したのでした。

今朝庭に集まるスズメたちの囀《さえず》り。ゼラニウムの花たち。クジラのかたちの雲。煮上がったおいなりさんの皮。散歩途中の子猫。訪ねてきてくれた若い友だち。守宮！　澄んで愉快な漫画。二女が淹《い》れてくれた紅茶。きれいな切手の貼ってある便り。からりと乾いた洗濯もの。おいしくできた水餃子。夫の駄洒落。夜半の雨音……。

きょうひと日も、じつに多くの時間がたのしみをもたらしてくれました。

こうした一歩一歩の積みかさねの値打ちさえ忘れずにいれば、結果がどうでも、よろこびに満ちた人生を歩いてゆける、と、わたしは信じます。

さて、この本の登場人物の年齢、起きた事柄の年数については、二〇〇九年を基準に、そのままとしました。当時住んでいた家から引っ越しをし、十七年半ともに暮らした猫のいちごが逝きました。そしてわたしはといえば、少し宵っ張りになりました。こうしたうつろいが、さびしい一面を抱いてはいても、うつくしいものだという見方を、わたしはしたいのです。

二〇一三年六月

山本ふみこ

不思議な時間《あなた》へ——はじめに

いきなりですが、一日二十四時間というのを、たとえば風呂敷に置き換えてみましょう。きょうはあれもして、これもして、そのつぎにはあれもこれも……などと予定をたくさん包もうとすると、その風呂敷は、端から縮みあがってゆきます。

あれぇ、二十四時間が、縮んでいくぅ。

（予定が）包みきれないぃ。

実際には時間が縮みあがって、短くなるなんてことはないのです。

いつだって等しく、一分間は六十秒で、一時間は六十分。一日が二十四時間、一週間が七日。縮む感覚、包みきれないあせりを持つのは、ひとなのです。

風呂敷の縮みあがるときのわたしは、知らぬうちに時間に挑んでいます。ひどいときには敵対です。

時間を、親しい友だちのように思って、礼儀正しくつきあっていると、あちらさんも懐《ふところ》をひらいてくれます。それとなく手を貸してくれるような気さえします。風呂敷をひとまわり大きくしてくれたり。風呂敷の柄をうつくしいものにして見せてくれたり。まあ、それもひとの勝手な思い方ではありますが。

ほんとうに時間は、不思議です。

あるとき、わたしの年上の友人がこうつぶやくのです。

「時間は、未来から過去にむかって流れているものなのよね」

時間といえば、過去から未来に流れているとばかり考えているわたしには寝耳に水の話でした。けれどもわたしにはめずらしく、そのことばを自分の胸のなかに置き、考えてみよう、と思いました。起こる事象と照らしながら。

その意味はわからないかもしれないけれど……。

時間《あなた》のことを知りたいわたしには、とてもいい宿題のように思えます。

おとな時間の、つくりかた

もくじ

第2章

昼の時間——バランスとって、おっとっと

第3章　おとなの時間——まるめて、のばして、ふくらんで

写真‥代島治彦

第1章

朝の時間——ざぶんと、さくさく

早起き

わたしは、早起きだ。

ものすごく早寝だから、なりゆきで、朝が早くなるという早起き。

わたしの、起きなければならない最終の時間が六時。というわけなので、目覚まし時計は、念のために午前六時に合わせてある。たまに夜更かしをしたり、友だちや家人と酒を酌みかわしたりして、日付が変わってから床につくようなときでも、とにかく、六時には起きる。

ときどき、まだ少し酔ったような状態で台所に立ち、弁当をこしらえる日もある。ふっふふーん、などと鼻うたを歌いながら跳《は》ねていても、台所で三十分も働けば、正気にもどる。一日はここにはじまり、ここに終わる――台所は、わたしの心棒のようなものだ、自然に働くかまえになってゆく。

ふだんは、目覚まし時計の音を聞かずに、目覚めたときにえいっと、起きてしまう。

起きる時間は、ほんとうにまちまちで、四時という日もあれば、五時五十五分という日もある。朝、家のことにかかる前に、ちょっと仕事ができたらいいなあ、と思いながら床につくと、いい具合に三時ごろ目が覚めたりする。

目覚めるのが何時でも、目覚めるたび思う。

――きょうは、ここからはじまるんだなあ。

起き上がってすぐ、眠っているあいだに受けとったもののうち、記憶にのこったものだけを、帖面に書きとる。すぐに記憶からはがれ落ちてしまうから、大急ぎ。書いている端のほうから、ほら、ぽろぽろとはがれてゆく……。

わたしが起きてごそごそ動きだすと、猫がやってきて、ニャアと鳴く。この声は、「あれ、たのむね」の合図。ぽりぽりごはんの上に、削り節をちょこんとのせるのが「あれ」。

ご近所づきあいをしているすずめたちも、朝が早い。空が明るくなるや、ちゅんちゅんと鳴きながら、二階のベランダに集まってくる。スウィートバジルの鉢の根方にまいてやる少量の餌を、食べにやってくるのだ。これは内緒。これがすずめに知れわたると、困る。たくさん集まり過ぎて、すずめの生態系を変えてしまっては……、困る。

自分のしていることの、その意味にも、その奥にも裏側にも、はかりしれないものが秘められていそうだと感じていて、それでも餌をまくのは、小鳥がちょこちょこ訪ねてくるという、そんな暮らしをもとめているからだ。

すずめがやってくるのを、うれしく眺める朝。
すずめをじっと見ている猫の背中を、そっとなでる朝。
六時を待って洗濯機をまわし、弁当と朝ごはんをつくる朝。
いつもいつも同じようだが、ほんとうは同じでない朝。

おはよう。

めじろがきました。
いつもはつがいでやってきますが、あれ、一羽です。
ケンカしたのかな。
ひよどりと競争で、みかんを食べます。

めじろとひよどりの、食べかけのみかんです。
なかの薄皮もぜんぶ、きれいに食べます。

朝のメール

朝起きて、一区切りがつくと、ひとりの友だちに電子メールをする。「おはよう」と。するするすると、考えたこと、思いついたこと、夢の話、前の日の話、その日の予定について、短く書く。

無類の電話嫌いだ。便利だからと誘われるように持ってみた携帯電話も、いじらなくなって久しい。電子メールも、仕事がらみのやりとりばかり。このように、電子的な通信に気持ちの向いてゆかないわたしが、朝いちばんのメールにすがっている。なぜだろう……、わかっているのは、これが自分を「調整」してくれるということだけ。

しかし、相手の友だちはどういう義理があって、わたしの「調整」に手を貸さなければならないのか。ましてや彼女はたいそう忙しく、それがまた、時間をさし出せばことが収まる、という類いでない忙しさだというのに。

朝、決まってすることはいくつかありますが、
やっぱり、このしごとからはじまります。
弁当づくり。

最初、この友だちがまだ友だちではなく、「仕事の上で思いがけずお目にかかる機会を得たお方」だったとき、必要があって電子メールで連絡をしたことがあった。その折りにはおそるおそる、たどたどしく、そして持てる一切の礼儀作法を注ぎこむ覚悟で、文字を打ちこんだものだ。畏《おそ》れ入り、はにかんでいたのである。

それが、いつしか日課になっている。

もしかすると先方も、わたしとのメールのやりとりに、かすかな何かを感じてくれているのかもしれない。しかしたぶん、この先もずっと、そのあたりのことは尋ねないだろう。聞くのが怖い、ということはない。「お互い」というのはそういうものだと、思うからだ。そういうものだし、何もかも知ろうとしてはいけないような気がしている。

縁《えにし》とは、不思議だ。

メールはいつしかお互いの安否確認になっていたようだ。朝いちばんに「こちらは生きて、きょうをはじめました」と伝えている。

そしてたいてい、返信はするするとすぐやってくる。

ところが、待つとはなしに待っているのに、ことりと応答のない日がある。よもや、風邪でもひいて、起きだせないのではあるまいね、と気になりはじめたところへ、やっと届く。

「お、きたきた」と思ってそれを読むと、朝風呂に入っていた、という書きだし。夜外出し、帰りがおそくなったときには、入浴の前は通過して就寝し、翌朝の入浴という運びになるのだそうだ。半身浴をしながら、ものを読んだり、考えごとをしたり。

しかし、幾度か友だちが書いてくる「朝風呂」ということばは、わたしの暮しとはかかわりがなさそうだった。

自分の朝を鑑《かんが》みるも、それは、高嶺《たかね》の花と言うしかない。朝風呂なんて、とてもとても……と。

ある朝、目覚めると、「しかし、わたしにだってできないはずはない」という心持ちになっていた。「朝風呂」ということばは、わたしのなかに、かさりかさりと、つもり重なっていたようだ。その重なりが、高いところにあった朝風呂をわが懐《ふところ》に呼びおろしたものとみえる。わたしは、臆することなくそれをつかまえ、午前四時過ぎの湯に足先をつけてみたのだった。

朝風呂

いきなり、あわてたくなる。

あわてるなど、褒められたことでないのは、じゅうぶん過ぎるくらいに承知しているけれど、それでもやっぱりあわてたくなる。あちらにぱたぱた、こちらにばたばた動くうち、ああ、わたしの一日がはじまった、と実感す。

そうして、つぎつぎ仕事に手をつけてゆく。

——あ、また忘れた。

と、昼近くなってから、はっとすることがある。

——わたし、顔、洗ってない。

自分の顔にかまう前に、あれやこれやと仕事に手をつけてしまうのが、その原因だが、何にしても、恥ずかしいことこの上もない。

朝風呂がよかったと思うそのうちのひとつは、顔を洗うのを忘れなくなったことだ。朝、入浴のときに歯をみがき、顔を洗い、寝ているあいだにくしゃくしゃになった顔をのばすように、こすり上げる。

　そうなのだ。

　友だちの真似をしてはじめてみた朝風呂、これが、不思議に性に合っていたのだった。すでに半年、かかさずつづけているから、もう日課と呼んでもかまわないだろう。どんなに予定の詰まった日でも、朝目覚めるや、足がひとりでに浴室に向かうところを見ても、相当にオハラショウスケ体質だったものらしい。

　はじめは、気恥ずかしかった。

　このわたしが朝風呂だなんて……。だいいち、夕方にも入浴をするのだ――晩ごはんのあと、片づけをしてさっさと休むことができるように、必ず、ごはんの前に入ってしまう。料理半ばで入ることもある――、ぜいたくが、過ぎるような気がした。

　おそるおそる、朝風呂の湯船に足先をつけてみた。するとどうだろう。思いがけないほど気持ちがのびやかになり、睡眠につづいて思いめぐらす時間を持つことができるよろこびが、裸のからだを包むのだった。

かかる時間は、三十分間（浴室のあちらこちらを掃除しながら）。
という わけなので、わたしの最終起床時間である午前六時が、五時半に繰り上がった。が、そんなことは何のその、だ。冬のあいだは、まだまだ暗い浴室のなかで、汗をかく。季節がうつろえば湯のなかに、朝日がさす。夏にはきっと、まぶしいほどの光のなかで、湯につかることになろう。

このひとときを持つことが、わたしを励ます。
わたしには朝風呂のたのしみがある、と。
朝を「優雅」からはじめることができる、と。

朝風呂以来、わたしは、あわてる前に「優雅」なのである。

カレンダー

あのひとには、ざっと数えただけでも三つの顔がある。

「いや、もっとある。五つはあるね」

と、証言する者もいる。

きょうもきょうとて、台所で何かしているなと思っていると、あのひとはとつぜん、「あ、もうこんな時間!」と言って飛びあがり、小走りで自分の部屋へと消えた。走ったり、叫んだり。あのひとは、いつもちょっとあわてている。

十分ほどすると、素顔を脱ぎ、上着をはおってあらわれた。手には大きな鞄を持っている。

「夕方までには帰るからね」

打ち合わせなのだと言う。いったい、打ち合わせって何だろう。

ひとりきりの時間は静かで、ちょっと静か過ぎ、そして長い。

日がかたむいてきた。

あのひとは、夕方がいつからはじまると思っているのかな。四時くらいだろうか。五時や六時だろうか。そんなことを考えていたら、大きな声がした。

「ただいまあっ」

あのひとだ、帰ってきた。午後三時半。

せわしなく歩きまわりながら、上着を脱ぎ、ふだん着の姿に変わっていく。家にいるとき、頭にいつもまきつける黒い布（バンダナというものだそうだ）がつくと、もう、家の顔だ。

「きょうはね、井の頭公園のなかの店で打ち合わせしたの。池に草魚《そうぎょ》がいたの。そこにいたおじさんがね、『あれが草魚、ほら、あそこ』っておしえてくれたんだ。鯉の仲間だけど、鯉じゃないの。ひょろっとしてた。中国からきた魚なんですってさ。仕事はねえ、来年の二月に脱稿って決まった……。ね、できると思う？」

と切れ間なく話しながら、あのひとはアタシが毎日午後四時に食べることになっている、サカナの缶詰をあける。皿によそい、水をとりかえ、アタシの頭のてっぺんにてのひらを置く。いつもの仕草。そして、今度は明日のことを、話しはじめる。

＊＊＊

十三年間、ともに暮らしてきた猫のいちご（五月《ご》一《いち》日に家にやってきたことから、いちごと命名）の目になって、書いてみた。彼女は、わたしを、あわて者でお喋《しゃべ》り、と思っているはず。

これを書きながら、わたしはいちごに、自分の「明日」の話まで聞いてもらっていたんだわ、と気がつく。

さて。

いちごはわたしを、「三つの顔を持つ女」だと言うが、ひとは、いつの時代も、いくつも顔を持つ生きものだ。

いちごの言うわたしの「三つ」は、主婦、母親、職業人だろうか。もう少し細かく見れば、妻の顔、友だちとの顔、ひとりでいるときの顔も加わって、「五つ」「六つ」になってゆくものかもしれない。

誰もが皆、いくつも顔を持って、何気なくすげ替え（？）、すげ替え（？）、生きている。

いくつも顔を持てば、いきおい、いくつも予定を持つことになる。しかも、同居の者たち、はなれていても、つねに心にあるひとの予定まで把握の必要があるとしたら……。それらの予定をどこに、どのように書いておくか。

目の前でひらかれる薄く瀟洒《しょうしゃ》な手帖、鞄からとり出される分厚いシステム手帖。どちらの佇まいにも、どれほどあこがれていることか。

しかし、わたしには手帖では間に合わない。仕事の予定はこちらの手帖に、遊びの予定はそちらの手帖に、家の予定はカレンダーに、というやり方では、予定が把握しきれない。「三つの顔」をひとところに集め、しかも唯一のものとする、というのがわたしにふさわしい予定表の持ち方だ。

すると、それはどうしてもカレンダーということになる。

そう、わたしは武骨にも、小型のカレンダーを持ち歩く。家にいるときには、それを仕事中は机の横に、それ以外のときには台所の冷蔵庫の扉に、かけておく。自分がかかわるすべての予定、夫の、子どもの、いちごの予定をすべて書きこむ。

この方法がいちばんまちがいがない、わたしには。

黒板

○○原稿。
○△原稿。
△□イラスト。
ビオラを植える。

布団干し。


ちびたチョークをつまんで、黒板に書いてゆく。

チョークって、なんだかいい。

その昔、先生というひとが、こちらに背を向けて黒板に書くことについては、わかることも少なかったし、あまりいい思い出がない。それなのに、学校に行かなくなったら、とつぜん「なんだかいい」になっていた。

はるかかなたのモノを、手に入れることができたような心持ち。

煙たかった黒板のチョークの文字も何のその、いまは、うれしくチョークの主《ぬし》である。


さて、ところで。

わたしが白いチョークで、○○とか、○△とか、△□と書きならべた小さな小さな黒板は、台所の隅にかかっている。その日一日に片をつけたい事ごとをならべて書いておく黒板なのだ。

というのは、この黒板の「表向き」。

当然毎日することや、自然の流れでどうしたってすることになるようなことは、書かない。たとえば、洗濯、弁当づくり、ごはんづくりとは書かない、というわけだ。が、気がつくと、「ごはん」なんかと書いていることがある。

書いてしまいながら、自分を知る。そのときの自分を。

相当ややこしいんだな、きょうという日は……。

台所の黒板です。
何も書いていない状態は、
ほんのわずか。
すぐに、「すること」で
いっぱいになります。
することがあるというのは、
シアワセなことですね。
ふだんは、忘れていますが。

頭のなか、いっぱいなんだな……。
という具合に。

その日することを、何でもかんでも書かないではいられない、そんな日もある。

何にしても。

黒板に書くのは、消すときの喜びあて。

これまた小さな小さな黒板消しで、ひとつすんだら消す。

そんなことが、どうしてこんなにうれしいんだろう。

ほうき

黒板のはなしの、つづき。

ここでは、ちょいと小さな声で……。

黒板に「掃除」と書く。

「掃除」というのだけは、忙しくない日でも、頭のなかがいっぱいでないときも、黒板に書く。

それは、わたしが掃除を好きでないからだ。つい、掃除はあとまわしになる。

毎日するトイレ掃除と洗面台磨きは当番制で子どもたちが、風呂掃除は夫が、する。

そういうわけだから、わたしが黒板に「掃除」と書くときの「掃除」は、掃除機をかける、だ。おお、めんどうくさい。

掃除機を掃除機などとは呼ばず、「スズキサン」と名をつけてみたり。声に出して呼んでみたり。こうして親しい気持ちを募らせようとしても、スズキサンへの愛着だけが育って、スズキサンとともに行う掃除そのものには、いつまでたっても愛着が湧かぬ。

あるとき、考えてみた。

どうして、わたしは掃除機をかけるのが好きではないのか、と。

「行きますよ、スズキサン」

そう言って彼に一階の戸棚からお出ましねがい、そのからだからコードをひっぱり出す。スズキサンをひきずるようにして一階から三階に上がってかけてまわる。階段を上がるときは、なかばかつぐような格好で、一段一段かけながら上がる。

この動作を、はじめからゆっくり頭のなかで追っていくと、ああ、そうか、と思い当たることがある。わたしには、どうやらスズキサンが嵩張《かさば》る重たいものと

棕櫚《しゅろ》長柄ほうきと小ぼうき。
そして、はりみ（ちりとり）です。
棕櫚のほうきは、
フローリングにも適しています。
はりみは、厚紙を貼りあわせた
紙製のちりとりです。
わくが竹なので丈夫。
また表面には柿渋が塗ってあります。
柿渋のおかげなのか、
静電気がおきず、
ちりがすっと集められます。
うつくしい道具です。

感じられるようなのだ。

とはいえ、昔に比べれば、この時代の家庭用の掃除機の小型化、軽量化には、目を見張るものがある。それを、嵩張《かさば》るの、重いのと言っては、罰があたるかもしれないが。


そこで、膝を打った。

わたしには、ほうきとちりとりがあった。忘れていたわけではない。掃除機なしで暮らしたこともあり、そのときには、茶がらをまいたり、水に浸した古新聞紙をちぎってまいたりしながら、ささっとほうきで掃いていたものだ。いままでも、ほうきは持っているし使いもするが、どういうわけか、このところ、スズキサンの補佐役としてしか出番がなくなってしまった。

こういうのは、考えの裏打ちのない、ぼんやりとした習慣だ。ぼんやりとした習慣がみないけないかというと、そういうことでもなくて、自分が楽にそれをこなしているようなら、むしろ、それはよい習慣に分類されるだろう。

しかしスズキサンを嵩張ると思い、重いと文句を言いながらのぼんやり習慣は、やはりうまくない。

そういうわけで、半年ほど前から、ほうきとちりとり中心の掃除へと、ふたたび切り換えてみたのだった。

長柄のほうき、中くらいのほうき、小ぼうき。

ちりとりは、はりみ。


ほうきとちりとりは、ほとんど毎日、働いてくれている。部分的な掃除、というのもできるから、時間のないときには、助けられる。しかも、ささっと掃くだけで、驚くほど埃《ほこり》が集まる。そこには、思いがけないほどの達成感がある。きれいになったなあというのより、集めた埃を眺めて満足しているようで、可笑しいが。

スズキサンとの掃除も、週に一度はしている。

彼には彼らしい掃除の流儀というものがあるし、さんざん世話になっておきながら、いきなり隠居あつかいするのは、どうしても気がひけて。

そうして。

スズキサンと掃除をするというときだけ、黒板に書く。

「掃除」。

おんぼろマント

そのことに気づいたのは、つい最近のことだ。

あるひとから、こう尋ねられた。

「毎日の買いものは、どうしていますか?」

ええと、さて、と考える。

買いもの、わたしはどうしているだろう、と。

そして、はっとする。

買いものは、ほとんど、自分ではしていないことに気づいたからだ。宅配中心に買いものをしていた時代を経て、現在は、なじみの小売り店+スーパーマーケット(それぞれ、特徴のある四軒)+出先で、買いものをするようになっている。

誰が……?

夫と、娘たちが、だ。

週日は、一日のうち七時間から八時間、机の前に坐ることを、自分自身と約束している。坐ってしている仕事の内容と能率はその日によってまちまちだけれど、とにかく坐る。これを守ることが、いまのわたしの生活の芯ともいえるだろう。

朝の家事を切り上げて机の前に坐ったら、夕方の家事へと切り換えるそのときまで、家を出ないことにしている。とはいえ、打ち合わせのために、あるいはまた子どもの学校の用事、翻訳の勉強のため、昼過ぎから出かけるという日は特例。

一度家を出てしまうと、朝、やっとのことでからだに巻きつけた仕事のマントが、たちまち脱げてしまうからだ。家のなかにいて、ちょっと家人と話をしたり、布団をとりこんだり、昼ごはんを食べたって、マントは脱げない。が、なぜだろう、家から出かける構えになるだけで、マントは肩からずり落ちてゆく。

とんだおんぼろマントだ。もうちょっと要領よく脱ぎ着ができるといいのに。

外の世界は、エネルギーを使うことなしには出かけてゆかれない場所だ。わた

「おんぼろマント」にひっかけて、ご紹介しましょう。
かれこれ30年間愛用のコートです。
3年前、肩をつめてもらいました(町の洋服直し店で)。
まだまだ着れるなあ……。

しはすぐ緊張するし、すぐ縮みあがる。どんな人と会っても、目の前にいるひとが、そのときの自分の「すべて」になってしまう。相手が、大好きな八百屋母娘、魚屋の奥さんでも、そうなる。いや、好きだからこそ、ますます存在はふくらむわけだろうか。

マントもおんぼろだが、それより何より、わたし自身がおんぼろなのだ。なんて不器用なんだろう、と思う。

ちょっとだからと思って出かけて行き、すぐもどってきたつもりでも、机の前に坐るとわかる。力を使い果たしているのだ。あれ？　あれ？　あれ？　である。

そういうわけなので、そう、週日は、買いものもしない。

買いたいもの——正確に言うなら、買ってもらいたいもの、ということになる——は、朝、店ごと（あるいは種別ごと）に一枚ずつ紙をかえて書き、食卓の上に出しておく。

家の者たちが、それぞれその日自分が買いものをできるメモを持って出かけてくれる。このことは、ことばはわるいがべらぼうに有り難く、だからこそ、その他の家のことは朝と夕方にしっかりさせてもらおうと誓える。

週末と出先からの帰り道が、わたしの唯一の買いものタイムだ。おもしろくてたまらない。

まとめ買いをしたり、ふだんはがまんしている二言三言の会話をたのしむため、なじみの店先で、好きな顔を探す。

アタマから、さくさく。

翻訳の勉強の日だった。

「アタマから順番に読んでいく、訳していく癖をつけ、ましょう」

と、せんせい。

せんせいはいつも、こういうとき――注意を促すときという意味だが――、「～し、ましょう」とか、「～して、くだ、さい」と言われる。「間《ま》」が、押しつけがましさを払拭《ふっしょく》するのかしらん。

いや、ちがう。ほんとうは人柄の力。けれどわたしには、いまのところ、ものをいわせる「柄」が薄いので、かたちだけ真似る。

「この時間には、もう門灯をつけるようにし、ましょう」と言ってみたり。

「風呂掃除をして、くだ、さい」と二度、間をとったり。

「アタマから順番に読んでいく、訳していく癖をつけ、ましょう。日本語と英語は構文がちがうのですけれど、それでも、うしろからうしろから訳そうとすると、流れにそっていかれません」

このことは、ほとんど授業のたびに、言われる。

用心すべきは、関係代名詞。

関係代名詞と目が合うや、びゅんと、文のうしろのほうへすっ飛ぶ。

学生時代、関係代名詞が登場するたび、おしえられた呪文《じゅもん》が頭のなかにあらわれる。

「～したところの◯◯」という呪文。

関係代名詞という名の橋をわたってあちらこちらを見てまわり、意気揚々と引き返す。土産や思い出を手に、文《sentence》のアタマに戻ってみると、

――あれ、ここはどこ?

わからなくなっている。

浦島太郎?　まさにそうだ。

～したところの◯◯。～したところの□□。困ったものだ。

浦島太郎になるのがわかっていても、癖はなかなか抜けなかった。アタマから「・《ピリオド》」までが、どんなに長い文であっても、気がつくと、うしろのほうできょろきょろしている。そんなことをくり返すうち、はたと思い当たることがあった。思い当たったのは、わたしの一日。

一日二十四時間の使い方は、翻訳とはちがうが、それでも、一日というひとつの文章としておさまりよく味わうことにかけては、同じだという気がする。

忙しさを招く事態とか、やっかいごとは、なぜだろう……、いちどきにどさっと頭の上に落ちてくるもののようだ。

これは、人生の勉強でもあるのだろうか。たぶんそうだ。さあ、この山を片づけてごらんと、促されている。

こういうとき、「あせり」は禁物。

あせると、一日の全体のあちらへ飛び、こちらへ飛んで、こんがらかる。そう、長い英文に出合ったときのように、いきなり文のうしろのほうにすっ飛んで、浦島太郎になるのと似たようなことが起こる。忙しいときにはことに慎重に、台所の黒板にその日のうちにするべきことを書きだす。自分に対して、無理な注文をしてはだめ。なぜと言って、そういうことが重なると、予定を組み立てる自分と、それを片づける自分のあいだの信頼関係がくずれてしまう。

何にしたって――。

一日のアタマは、起床。そして、朝風呂。弁当づくり、朝ごはんづくりへとつづくわけだ。

朝風呂につかるその胸のなかにあせりがひろがれば、静かな湯船に影がさす。朝ごはんの片づけと晩ごはんの下ごしらえをする手元に、あせりがあれば、まな板の上に影が……。

アタマから、さくさく。

予定ひとつひとつのおもしろみに気づきつつ、片のついた喜びを嚙みしめつつ、ゆっくり一日のしっぽに向かいたい。一日二十四時間の流れにそって。

第2章

昼の時間

——バランスとって、おっとっと

やじろべえ

することが目の前に積まれ、てんてこ舞いがはじまると、すぐと家の仕事に文句がいく。

——毎日、毎日、ひとはどうして三度もごはんを食べるのかしら。

——さんざん働いた上に、拭き掃除ですってさ。まったく。

しかし、ぐずぐず文句をたれる同じ胸は、家の仕事がまったくなくなってしまったら、おもしろみの少ない生活になるでしょうよ、とわかってもいる。

仕事（職業の）でしくじったり、行きづまると、すぐとこんなふうに思う。

——そも、わたしは家の仕事のほうが向いているのだし。

——これからは、主婦業を本業と考えるようにしよう。

どちらを本業と考えるかということなど、たいした問題ではない。兼業の道を選んだのはこのわたしなのだ。抱え持つふたつには、どちらにも責任がある。逃げだすことはできない。

そういうわけなので。

朝、家のあれやこれやを終えて、「さあ、仕事仕事」と気持ちよく机にむかい、夕方、「そろそろ、晩ごはんの仕度をしよう」と、かすかにでもときめくことができる、そんなバランスを保ちたい。それが、毎日の目標と言ってもいいくらいだ。

家の仕事と職業がやじろべえのように、あぶなっかしくてもたしかに釣りあっているというようなのが、わたしの理想の状態である。そういう生き方をするようになって、もう二十数年がたつというのに、そのあぶなっかしいことといったら。我がことながら、あきれる。

ここでまた、ちょっと小声になるが、あぶなっかしいのが好きなのかもしれない。おっとっと、というような感じは、きらいではない。きらいでないどころか、おもしろくってならない。

つんのめるようにして夕方の家の仕事になだれこみ、短時間で晩のおかずをこしらえたりするのは、わたしの曲芸だ。この家に厳格なお姑さん――幸いなことに、そういうひとのことは、小説やドラマ、映画でしか見たことがない――やら、偉大なる「幸田露伴」やら、そんなひとがいれば、曲芸だなどとは言っていられないだろう。が、そういう存在はないので、わたしは思いきりいんちきもして、好き勝手に働くことができる。

やじろべえの「あっち」の重しと「こっち」の重しが顔見合わせて、ため息をついている。

――やれやれ、またはじまった。

――ありゃあ、働くというより遊びだね。

ふだんは口喧嘩をすることもめずらしくはない両端のふたりが気をそろえて、わたしのやり方を嘆く、嘆く。

兼業の辛いのは、時間と鬩《せめ》ぎあうところだ。ああ、間に合わないかもしれない、間に合わなかったらどうしよう、というようなことを、始終考えているよう

運命の出合い。
大好きなバケツです。
だから。
文句を言わずに、拭き掃除をしろっ！
という話です。はい。

な。けれど、この関ぎあいがまた、兼業の醍醐《だいご》味でもあるのだ。

間に合うか、間に合わないかは、いつもわからない。そんなことをくよくよ考えていないで、自分にできると思うことを片端からやっていく。そこに醍醐（仏）が宿って、わたしのすることを助けてくれるようでもある。できないことは考えない。できそうなことを片端から……である。

たとえば。

十五分間でびっくりするようなごちそうをこしらえる。これはわたしにはできない。けれども同じ十五分間で、ちょっとおいしいおかずを三種類こしらえることはできるのだ。

——十五分間で、ごちそうをねえ。つくれるかなあ。

などと腕組みをして考えこんでいないで、その暇に大根の皮をむいて、大きめの乱切り（煮もの）に。むいた皮はせん切り（味噌汁）に。

やじろべえの生活は、自分のできることと、自分が使える時間を、がしっと組み合わせることのおもしろさを、おしえてくれたようでもある。

計時

数字に滅法弱いわたしは、どうも時間をはかることが苦手だ。

小学生のころ、いちばん早く走れたのが「五〇メートル／八秒八」だったという日以来、計時をしたことがないような気がする。

いいや、あった。

腕時計をみつめて、陣痛と陣痛の間隔をはかった。

ともかく。

数字に換算するよりは、時間の決まっているものに寄りかかってばかりいる。

それはテレビの番組や、聴くともなく聴いているCD一枚分の時間だ。朝つけているテレビで、体操がはじまったら、あわてる、という具合に。仕事部屋に入っているはずの時間が過ぎていると知るわけだ。

しかしこのごろ、決まった家の仕事にどのくらい時間がかかるものか、数字——三十分とか、一時間とか——でわかるようにしたいなあ、と思うようになっている。あこがれである。

たとえば。

味噌汁をつくる。

週一回のアイロンかけ。

掃除。

洗濯もののとりこみと、衣類の分類・片づけ。

家じゅうの植物の水やり。

布団干し。

入浴。

晩ごはんの仕度。

夜寝る前の片づけ。

大好きな腕時計たち。
右端は、手巻きの時計です。
腕時計を左手首に巻きつけると、
時間との関係が、少し変わるような気がします。
刻みがことさら濃密に、迫ってくるような。

どのくらい時間がかかるかわからないまま、ずいぶん長いこと「それら」をしてきたものだ。わからないもの同士をつなげつなげて二十四時間。不思議だ。

一方、机の前でしている仕事のほうは、決して所要時間の決められぬ、また、はかりきれない性質のものだ。きょうの予定はこれこれと思っていても、「これ」に手間どって、もうひとつの「これ」を仕損なうことがある。頭を掻《か》きむしったり、書いては消し、消しては書いて一日三枚（一二〇〇字）がやっと、という日がある。思いがけなくもあらゆる仕事がさくさく片づいて、時間が余ったから別のことをしよう、ということもなくはない。が、滅多にはない。

というわけだから、期日より早めにとりかかっておかないと。

かかる時間がほぼ決まっていること（はかっていないから、はっきり時間はわからないにしても）と、時間でははかれぬことと、その両方を持っていることがうれしい。

時間の不思議を掻《か》いくぐって生きているという実感があるからだ。

12分でつくれる「れんこんの甘酢漬け」。

〈材料〉

れんこん…15cm（300gくらい）　ごま油…適宜

合わせ酢…（酢大さじ3、しょうゆと砂糖各大さじ1、塩小さじ1）

昆布…5 cm　赤唐辛子…1/2本

〈つくり方〉

・れんこんを薄い半月に切り、酢水につける（あくをとる）。
・鍋にごま油を熱し、水をきったれんこんを入れてさっと炒める。
・合わせ酢と昆布、水（大さじ2）を入れてひと煮立ちさせる。
・小口切りにした赤唐辛子を入れ、そのまましばらく漬けておく。
　ぜひ、おためしを。

そうそう、こんなこともある。
タイマーを使って、自分をちょっと縛るのだ。
たとえば。
通信販売のカタログを見る。
はがきを書く。
読書。
漢字パズル・クロスワードパズル。

これらは、ほうっておくといつまでもつづけてしまいそうな事ごと。十五分なら十五分、三十分なら三十分と、時間を決めてタイマーに呼んでもらう。
タイマーは「ぴぴぴぴ」という声で、「もうおしまい。つぎのことをしてくださいよ」と言う。しまいには「こら、怒るよっ」と。もちろん、これは比喩である、あしからず。

子どもが「タイマーに叱られてる」と笑うので、「あなたも、してみるといいよ」と、すすめる。

子どもの場合は、だらだらつづけることを戒めてもらうほかに、「三十分はつづけなさいよ」と励ましてもらうこともある。ピアノの練習をはじめたのはいいけれど、たちまち切り上げてしまうからだ。タイマーが「はい、そろそろおわってもいいですよ。つづけたければ、つづけてもいいけれど」というふうに鳴る。

どちらにしても、タイマーで縛り過ぎるのはいけない。

時間とは、ゆ、る、う、く、親しく結ばれているのがいいのに決まっている。

袋貼り

好きな仕事のひとつに、袋貼りがある。

「袋貼り」というと、裕福でない家のおかあちゃんが家計を助けるため、ちゃぶ台の上で封筒なのだか、紙袋なのだかのまちに糊をつけて、かたちに仕上げる姿を連想する。その様子を思うたび、日本のおんなの鏡のように見える一方で、もう少し実入りのいい内職はないのかという気持ちにもおそわれる。

そういえば。

会社勤めをやめて、自宅で仕事をするようになったころ、わたしはいきなり「内職」とか「袋貼り」のイメージで身を包んだ。昭和の時代のおかあちゃんが袋貼りをするようにこつこつと仕事をしてゆきたい、と思った。なるべく、子どもたちのそばにいて。「フリーライター」とか「フリーランスの編集者」というのがその当時の肩書きではあったが、わたし自身としては「活字系内職」という

封筒づくり、たのしい仕事です。
過ぎた時間がそっともどってきてくれるよう……。

つもりで働いた。

という話はまるきりの余談で、ここでやっと袋貼りの話になる。

「袋貼り」は本来、額や襖《ふすま》、壁紙を貼るときの下貼りの方法を言うことばだそうだ。この方法は「ふくろばり」と呼び、内職のほうのが「ふくろはり」となるような気がするが。はっきりしたことは、知らない。

正月が過ぎ、日常がもどってくるころ、わたしはとつぜん昭和のおかあちゃんになる。袋貼りだ。

暮れのうちに壁からはずしておいた子どもたちのカレンダーを、やおらとり出す。三つのうち二つは動物の親子の写真のカレンダー、一つは童話の挿絵のカレンダー。ここ数年、その選びは変わらない。それぞれの部屋で一年間、来る日も来る日も子どもたちのそばにいて、その予定や計画を見守ってくれた存在だと思うと、とくべつな感情が湧く。かけたときより幾分重くなっているのは、カレンダーが時を吸いこんでいるからでもあり、子どもたちの予定と計画を預かってくれたからでもあるだろう。

写真や絵と数字、余白を配分して、これで、封筒をつくる。まがうかたなき袋貼りだ。

定形郵便の決まり（※）の大きさの範囲内で、切ったり折ったりする。宛先と差出の名と住所を書くスペースが写真や絵と重なる場合は、白い紙（もしくは白地のシール）を貼りつける。

こういう仕事が好きなのだ。

そうにちがいはないのだが、これをしながら「時間」について考えるのも、たのしい。ざっとふり返ると、あっという間だったということになってしまう「一年間」が、決してあっという間なんてことはなく、あんなこともあった、こんなこともあった、あれもした、これもした、というふうに実っていく。

「一年間」が、そうしてほんとは「一日」も、あっという間に過ぎたりはせず、よくよく考えてみれば、そのなかみはぎっしりだ。

※定形郵便物（第一種郵便物）
○長さ14〜23・５cm、幅９〜12cmの長方形で、厚さが１cmまでのもの。
○重さ50ｇ（25ｇまで料金80円、50ｇまで90円）までのもの。

「post-」という思想

翻訳の課題にとり組んでいると、ときどき、広い広い荒野にひとり、とり残されたような気分になる。

主語と動詞という、基本的な構文がみつけられないときというより、それはあることば（名詞）に面食らい、「こりゃ、いったい何なんだー」と、叫びたくなるようなとき。

あのときもそうだった。

勉強をはじめて間もないころ、課題として小さなクリスマスのものがたりの翻訳にとり組んだ。初めて見聞きする「snow angels（※1）」ということばや、「mistletoe（※2）」の持つ意味などの前に立ちどまり、いちいちあわてるわたしだった。

しかし、荒野のまんなかにとり残されると、わたしはあわてながらも、ひとりきりの自分に酔ってしまう。孤独を愛するなどと言ったら、誰かと友だちになる機会も、親しくなりかけたときめきも、燃えつきた炎のようにはかなく消えてしまいそうだけれど、そう言われてもわたしは、そうだ。ひとりきりでいるひととキに陶然とする。

ちっともわからないやと思いながらしゃがみこみ、膝をかかえ、考える。冷静になってくると、「post－（ポスト－）」というのは、たとえば総理大臣のつぎの候補をさがすときに言う、あの「ポスト－〇〇」というのと同じだろうか、とひらめく。つぎの～、とか、～あとの、というときの「post－」だ。辞書だけでなく、百科事典までひっぱり出してことばの意味を探すと、わたしの頼りないひらめきが、今回ばかりは的を射ていたことがわかる。

「post－Christmas party」は、クリスマスあとのパーティーのこと。

欧米では、クリスマスのあと年明けまでずっと、クリスマスのお祝い気分がのこっていて、それにまつわるさまざまなパーティーが開かれるのだという。

クリスマスが十二月二十五日におわるや否や、洋風の佇《たたず》まいから和風（正月）

へと、いきなり・たちまち・あわててとってかわる日本とはちがって、ゆっくりクリスマスを味わい、その余韻を楽しむ感覚に、感嘆す。

昨年のクリスマスは、目も当てられなかった。

机にかじりついたまま離れられないような日々のなかに、クリスマスがめぐってきた。部屋のなかにいくつかの飾りをほどこし、夫に窓辺の小さな電飾を注文し、サンタクロースに贈りもののことを委ねたきり、ほかには何の準備もできなかった。

そんなとき知った「post-Christmas party」ということばが、どれほどわたしを勇気づけたか知れない。

「post-」で行こう、そう思った。

「その日」を思って自分にもまわりにも無理を強《し》い、かりかり、いらいらするくらいなら、数日ののち、「その日」を祝ったり、楽しんだりするほうがいい。

「post-○○」（たとえば「post-七草」とか、「post-子どもの日」「post-あなたのお誕生日」）……と、おっとりとつぶやいて。

※1　「snow angels」降り積もった雪の上に仰向けに寝て、両腕を、上下に動かすと……。
雪の上に天使の姿ができるという、雪の遊び。

※2　「mistletoe」ヤドリギ。クリスマスの飾りのひとつ。
この木の下に立っている女の子には、キスしてもいいというクリスマスの風習がある。

北海道の友人は、七草に「七草味噌汁」を
こしらえるんだそうです。
それはいい！
ことしは、七草の日、友人の真似をしました。

調子づいております。
鏡開きの日には、リゾットをつくりました。
鏡餅を砕いて、入れたんです。
美味。

居場所

これは、どこに置くとしようかなあ。

モノを買うとき、まず、それを考える。ほしいけれども、どうにも、その居場所に見当をつけられないときは、あきらめる。こころのなかで、モノに「ここ」という居場所を決めてやれないときは、アウト！　だ。あれ、使い勝手がよさそうだったのになあ、と、後ろ髪を引かれても、そのままそこを立ち去るしかない。

家のなかのモノの居場所を、すっかり決めている。

こんなふうに書くと、整理整頓に長《た》けているかのようだけれど、じつは、そんな格好のいい話ではない。わたしがモノに居場所を、と思う根拠はあれ、トランプの「神経衰弱」あたりにある。

子どものころから、ものおぼえのよくない質《たち》だった。

算数の計算法や、文法の約束など、なかなか覚えられなかったし、なかでもいちばんだめだったのが、トランプの「神経衰弱」だった。

目の前に、トランプをすべて伏せてならべ、順番に二枚ずつ札をめくっていくゲームだ。同じ数字の札二枚が出たら、手元に集める。たくさん集めたひとが勝ち。自分だけでなく、誰かがとり損ねた札の場所も覚えておかないと、札はとれない。つまり、記憶力がものを言う遊びなのだ。わたしときたら、当てずっぽうにめくっては、いつも、びりになった。

けれども、「二枚のカード合わせじゃあもの足りないから、四枚とる（四枚同じ数の札を集める）のをやらない？」などと言いだす友だちもいたところをみると、ものおぼえの良し悪しは、やはりあるのだと思わないわけにはいかない。

暮らしの「神経衰弱」なんかは、ごめんだ。

どこにあるかわからないモノを、当てずっぽうにさがしまわるなど、わたしにできるはずがない。

というわけで、どんな小さなモノにも、居場所を決めた。

「あなたはここ」「あなたたちは、そこ」という具合に。

そうしてみると、これが、時間の節約になるのだった。

節約できるのは、モノをさがす時間ばかりではない、置き場所を決める時間も縮められる。

新人さん（モノ）でも、「ここがあなたの場所だからね」と、すぐ居場所を決めてやれ、はぐれかけたモノにも、仲間らしきモノのいる場所に案内してやれるというわけだ。

はぐれやすい困りモノの居場所を、いくつか記してみると——。

小さなおまけや、子どもたちが置き忘れたままにしている小物の類いは、「JUNK（がらくた）」のひきだしへ。ここにしまっておけば、「ここに置いといたあれ、知らない？」ということになっても、困らない。

化粧水、乳液、シャンプー類の試供品は、「旅」のひきだしへ。旅行に出かけるとき、ここからとり合わせを考えて、持ちだせばいいわけだ。

買い置きたち（洗剤や、アルミ箔、ラップ、歯ブラシ、基礎化粧品などの消耗品）は、それぞれ、「住」「台所」「美容」のひきだしへ。ここで、つぎの出番を待ちかまえている。

ボロ布、古歯ブラシのひきだし。箸置き、つまようじ、黒文字のひきだし。商店街のスタンプ用紙、割引券のひきだし。ヘアピン、ゴム、髪留め、櫛のひきだし。みんなで使う文具のひきだし。薬（内用）のひきだし。薬（外用）のひきだし。……。

「神経衰弱」がからきしだめなわたしは、道具たちの居場所からモノをとり出し、また、しまう。トランプの居場所は、わたしの部屋のたんすのなか、である。

工夫のタネ

世阿弥《ぜあみ》の『風姿花伝』（※）を、久しぶりに読む。

わたしなどは、脚注のついた上に現代語訳も収録されたものを読むわけだが、花伝書を繙《ひもと》くときは、自分に喝《かつ》を入れたい、励ましたい、そんなときだ。およそ六百年前、観阿弥《かんあみ》（通称観世）が、長男世阿弥に口述した能楽論が、この『風姿花伝』。

芸能、文学が急成長を遂げ、そののちの時代（室町時代以降）の礎《いしずえ》をつくったといわれる、十五世紀はじめの著作物だ。ことばのうつくしさ、おもしろさもさることながら、どうやらひとの暮らしというものは、芸の道に重なるところがあるなあと、読むたびに思わされる。

読んでいると、「工夫」ということばに出くわす、何度も。

下手《へた》は、もとより工夫《くふう》なければ、悪《わろ》きところをも知《し》らねば、よきところの、たまたまあるをも、わきまえず。

――第三「問答条々」（五）より

訳してみると、こういうことになるだろうか。

――下手な者（役者）には工夫がないから、自分の悪いところも知らぬままだし、たとえいいところがあったとしても、気づくことはない。

「問答条々」の（五）には、上手下手にしばられることなく、ひとにおしえを請い、自分でも「工夫」することの大切さが説かれている。そのことがすなわち、「稽古」ということだ、と。

うれしくなる。

自分の不器用も、下手も、そればかりか状態の「不足」――たとえば、時間の不足、元気の不足、材料の不足など——まで、「工夫」と「稽古」とによって、克服できるような気持ちになってゆく。

くだんの一節は、工夫のない者は、自分のわるいところにもいいところにも気づかないままだと説くが、生活者としたら、そこらじゅうに隠れている工夫のタネをさがすこと、気づくこと、つかまえることもまた、肝要だ。

ごく最近、わたしがつかまえた工夫のタネは——。

洗濯物の干し方。

この家は、縦にひょろりと細長い三階建て。越してきてから二年半ものあいだ、干しものはすべて三階のベランダに、ということにしていた。干すときはいいが、とりこんで、それぞれをそれぞれの「定位置」に納めるときの、上がったり下りたりがたまらない。

一、ハンガーにかけて干す（干し用のハンガーの出し入れも、そこに衣類をかけるのも、手間だ）ものを、極力減らす。

二、衣類、タオル、手ぬぐい、布巾たちを、
　なるべく動線みじかくしまえるようにしたい。

（一）三階のベランダの隅で、補佐役として待機していた折りたたみ式・スタンド型干し器の活用を思いついた。これまでハンガーに干していたもののうち、比較的薄手で、ふたつ折りにして干しても夕方までにじゅうぶん乾くものたちは、ここに干すことに。ついでに、ハンガーにかけてしまう衣類は、干すのとしまうのと同一のハンガーを使うことにした（これによって、ひと手間が省かれた）。

（二）居間からは見えない二階台所のベランダに、小振りの折りたたみ式（しかも左右に伸縮）・スタンド型干し器を導入。ここに、二階でつかう布巾や、二階と一階にしまう衣類、布類を干すことにした。

なんでもない話なのだ。わたしの工夫なのだから、それも道理。しかし、なんでもないように見えて、ほんとうは少しもなんでもなくはない。

こんな些細なことが、どれほど、わたしの仕事を楽にしてくれたことだろう。つかまえた工夫と実践の結びつくよろこびも、どんなにわたしを勇気づけたことだろう。

※『花伝書（風姿花伝）』世阿弥編　川瀬一馬校注、現代語訳（講談社文庫）

がらん

簡素に暮らしたいというのは、ただ、わたしの生き方だと思っていた。けれども「モノの居場所を決める」根拠が、自分のもののおぼえのわるさにあったことに気づいてみると、「簡素に暮らす」もまた、とんでもない性癖に起因するのかもしれない。そんなふうに思いはじめるや、気づくことが出てきた。

わたしの選びは、たしかにいつも、簡素に向く。

家のこしらえにいたっては、がらんとして、殺風景に近いかもしれない。

家ばかりでなく、道具類、服装など、わたしが簡素、単純に走るのは……。じつのところ、色の組み合わせや、色やかたちの遊びなどが、よくわからないからなのではないだろうか。

色やかたちの組み合わせに通じている友だちの着方、家のこしらえ、本や雑誌に紹介される意匠を凝らしたものを見ると、思わず、「お、いいねえ！」と声を上げたくなる。自分の選びとはことなっても、よさは、わかる。

しかし、何もないところから自分でつくり上げようとすると、途端にわからなくなってくる。

わからないなら、わからないなりの、ということで、たどり着いたのが、いまの暮らしらしい。こうだとわかるモノを、ちょっぴり持つ。

わたしの家には、そして着方、好みには、色の遊びも、はじけるような躍動感もありはしない。きょうまでゆっくりひねくれてきたせいか、ちょっといびつなものが好きではあるが。大方無難な――このことば、好きではない。好きでないのに、自分に向けてこの形容詞を贈ろうとしている――こしらえになる。

ほら、このあたりにちょっとアクセントを、と思わないこともないが、結局踏みだせないままだ。

しかし、それはそれ。

簡素、単純がうつくしくないわけではない。

どうも、これもがらんとしてますが……。
わたしが、もっとも頼りにしている
「昆布をつけておいた水」です。
これさえあれば、料理は和、洋、中、その他、
まずまずできるという気持ちになります。
「だしは控えめに」が信条ですが、
昆布は、お守り。
どんな料理にも使います。

うちには、気がつけば
ずいぶん長く共に暮らした
道具がありますが、
これ、最古参かもしれません。
25年前に出合ったとき、
すでに10年くらい働いていた
というベテランです。
アラジンの魔法瓶。

ちょっぴりや、がらんが、わるいわけでもない。

知ったかぶりと、見よう見まねの組み合わせでごたつく部屋では、おそらく休まらないし、誰かの助言を受けたとしても納得のいかぬモノを身につけることを潔《いさぎよ》しとしないのが、わたしなのだと思う。

納得のいくモノ、好きなモノをほんの少し持って暮らしたい。

がらんとした空間、簡素、単純なモノたちのあいだを、時間や、愛情が静かに流れてゆく、というふうにゆきたい。

そうして、わたしというひとがいなくなったとき、きれいさっぱりあとには何も残りませんでした、というふうにゆきたい。

どこか儚《はかな》い結論になったが、そういう志向の自分を知っておくことも、肝要だろうと、いまは思う。

刷りこみ

短大を卒業してすぐ、出版社に勤めた。

もう三十年も昔のはなしになる。

おそろしく世間知らずで、思いだしたくないくらい恥知らずな小娘だったわたしは、世間知らずと恥知らずのせいで、たいていの苦労を「大盛り！」にしたような気がする。自業自得なのだが、思い返すと気の毒になるほどだ。

――阿呆だったなあ、ほんとうにっ。

それでも十年間もお世話になって、世話になった分の一割二分くらい貢献したつもりで、F社を卒業した。退社と言いたいが、学びの場だったという認識にしかなり得ず、退《しりぞ》くとは言いがたい。

規模は中くらいだったが、F社にはまぶしいほどの伝統があり、何よりおもしろいひとがいっぱいいいた。十年間のなかでおしえられたこと、見聞きしたことが、どんなに大きくて、おもしろかったかということに、卒業してから気づく。気づきのおそさはとりもなおさず、わたしがたいして進化もしないまま、そこで十年を過ごし、卒業したことをあらわしている。

Mさんとuさんのコンビ。

このおふたりは、とりわけおもしろかった。わたしが生まれた年、すでに編集部で仕事をしていたというほどの先輩だ。同じ学校の同級生で、コンビを組んでいるように見えたMさんUさんを、できればあんなふうになりたいものだと密かに目標にしていた。彼女たちを知るひとがこれを聞きつけたなら、

「そりゃ、無理だね」

と決めつけられてしまうだろうけれど。

月刊誌の編集部にいた最初の三年は、ほんとうに忙しくて、入稿間際、校了時（校了ののち、印刷所に行って出張校正もしたなあ――念校）には、帰りが深夜になることもめずらしくなかった。

出版社に勤めていた時代、よく使いました。計数器。
原稿の文字数を減らすとき、やおらとり出すのが、
計数器２丁です。
右手（の計数器）で文字数を数え、
左手で行数を数えます。
計数器のおかげで、
勘定しながら字数を減らせるわけです。
こんなことも、この先輩おふたりに
おしえていただきました。
この２つの計数器は、わたしの宝ものです。

Mさんは、入社したばかりでうろうろしていたわたしに、

「最初さしだせるものといえば、時間しかないわけよ。だから、早く出てきて電話番をしたり、あちこち片づけたり、お使いをたくさん頼まれるといいわよ。時間をさしだした分だけ、得るものがあるからね」

と、ささやいた。何度も。

Uさんのほうは、仕事で帰りが深夜に及んだ日の別れ際、

「帰りがどんなに遅くなって、どんなに寝るのが遅くなっても、いつもどおり起きること。でないと、生活のリズムがつくれなくなるの。きっと、いつもどおりに起きるといいわよ」

と、ささやいた。何度も。

このふたつのささやきは、わたしにとっては、一種の刷りこみ——imprinting. 生後間もない時期に目にしたものをとくべつな存在として認識するという、動物、とくに鳥類の生態のひとつの特徴——だった。

出版社から卒業したあと、あらゆる「初めて」に遭遇するたび、とにかく時間をさしだそうと思い、そうすることで切り抜けてきた。Mさんにささやかれたとき、「なるべく早く、時間のほかにもさしだすものができますように」と願ったのと同じように、くり返しくり返し願いながら。

そうしてまた、どんな理由で就寝がおそくなるときも、とにかく、いつも決めた時間に起きることを守った。その日の自分が眠たくて、たいして使いものにならなかったとしても、早めに床につくだけで、生活のリズムがくずれる羽目に陥らずにすんだ。Uさんのささやきは、ほんとうだった。

独立し、一日二十四時間をどのように使うか、自分にまかされるようになってからは、MさんUさんの刷りこみが、ますますものを言うようになった。自分を律する箍《たが》――桶や樽を締めるため、外側にはめる輪っか――になっている。この箍がはずれたら、とんでもないことになっていたかもしれないなあ……。

よき先輩の助言は、時を超え、時間のなかで生きつづける。

第3章

おとなの時間——まるめて、のばして、ふくらんで

あなたの時間、わたしの時間

時間と経済は、似たところがある。

時間は、この世にいる誰もが等しく一日二十四時間持っているのに対して、経済のほうは、それぞれ持つ量にばらつきがある。そして、お金（経済）は蓄えられるが、時間は貯めておかれない。

という具合に、ことなるところはあるけれども、たとえば、遣《つか》い方を決めたり、節約したり、そこは似ている。

はなしが経済の分野に及ぶと、とたんに頼りない気持ちになる。

こう見えても一応家庭の主婦なので、経済の責任の一端は担《にな》っているつもりだし、節約についても、考えがないわけじゃあない。が、とにかく丼勘定《どんぶりかんじょう》だし、小さく節約して、大きく無駄遣いをするようなところが、わたしにはある。

経済的な方面で丼勘定だというのは、わたしがお金とあまり親しくない証拠のような気がしている。親しくないばかりか、怖がってもいるような。持っているのが怖くて、だからすぐ手放してしまうのかもしれない。

その点、時間とは懇意な間柄だ。

有効に使いたいと希《ねが》ってもいるので、時間に無頓着なひとが目の前にあらわれると、胸のあたりがかりかりする。こと時間に関して、わたしは、とつぜん、気むずかし屋になるようなのだ。

たとえば。

ひとのためにお金を使ったとしても、また働いてお金を得ればいいじゃないの、という構えでいられる。ところが、気の進まないことで時間を遣うことになったり、あるいは、なんの説明もなくいきなり時間を奪われたりすると、やりきれない気分になる。

お互いに、お互いの時間は、大切にしましょうよ、ね、というのこそが、人間関係をつくっていく上での基本的な約束だと考えている、わたしは。

お金は貯められないけれど、
おかずだけは、貯めます。
写真右の小さい器は、弁当のおかず用です。

写真左上から、
　→煮もの（ごぼう、大根、にんじん、いんげん、
　　鶏肉）
　→かぼちゃの煮たの（砂糖はなし）
「細長い器」左上から、
　→鶏肉とセロリのマヨネーズ和え
　→ほうれんそうのごま和え
　→スパゲッティ・ナポリタン
「小さい器」上から、
　→こんにゃくのピリ辛煮
　→麻婆茄子
　→いんげんのさっと煮

短い時間でちゃっちゃとつくっては、
冷蔵庫のなかに、貯めておきます。
わたしの「安心のもと」。

二年前までわたしが委員をつとめていたある図書館の会合が開かれるたび、委員長のK氏が、

「○○時終了を目標にしましょう。その時間には、きっと行き先の駅に着くようにいたしましょう」

と挨拶された。

K氏は大学の文学部のせんせいだったが、世界中の鉄道にくわしく、鉄道の旅を畢生《ひっせい》の業としておられた。

頭のなかの書架にも、時刻表がとり出しやすい場所に納められていたのではないだろうか。それで、行く先の駅、という表現になったのだと思われる。「時間どおりに駅に着こう」という決意の表明は、わたしの気持ちを明るくした。会合に出席するのはいかにも荷が重かったが、そのひと言のおかげで、やっていかれるかもしれないと考えるようになっていたのである。

実際に、委員長の司会の手腕により、その会合は、約束の時間からはみ出すことはなかった。

自分の時間を大事にするひとは、相手の時間をも慮《おもんぱか》る。自分の時間を徒《いたずら》に浪費し、時間に対し無頓着なひとは、相手の時間を、無造作にむさぼってしまう。こころしておきたいことだ。

わたし、「いません」

律儀に携帯電話をにぎりしめる。

なんとかという速度で、パソコンのメールを返す。

ええと、ええと、「クイック・レスポンス」。

それが、いまどきの作法らしい。


わたしは、いっぱいいっぱいだ。

鳴った電話にいちいち出たり。受けとったメールに、急いで返信したり。玄関のピンポンにこたえたり。

昔から、そう、半分くらいしか、こたえていないかもしれない。

すみませんねえ、反応がにぶくて、という気持ちだ。

電話が苦手だ。
呼び出し音が鳴ると、おお怖、と思う。これに出てしまっていいものだろうか、と。

手から時間がぽろぽろぽろぽろと、こぼれていくところを想像する。
同時に、自分の時間がさらされているような、気持ちにも、なる。

ことさらにそうなっては困るとき——それは根をつめて仕事をする覚悟の日でもあるし、世のなかからちょっとのあいだいなくなろうという決心の日でもある——には、受話器にのびるはずの手が渋る。渋っているうち、さかんに鳴っていたものが止んだりする。ああ、よかった。

いまの世にあって、こういうことに「ああ、よかった」と言ったりするのは、出来損《そこ》ないの証拠だろうけれど、そのくらいの調子が、わたし向き。ここにたしかにいるというのに、ついいないことになった自分をかすかに恥じながら、やっぱり「ああ、よかった」なのである。

友だちの数は多くはないが、その多くない友だちは誰も彼も、わたしの電話嫌いをよく知っていてくれる。何月何日の夕方、待ち合わせのため電話を鳴らすけど、かまわないか、と聞いてくれたりする。

「そうか。その日は電話に出ればいいのね」

まことに、おかしな返答ではある。


いっとき持ってみた携帯電話というものも、とうとう持たなくなってしまった。電話線がつながっていないはずのおもてまで、追いかけられてはたまらない。携帯電話のメールにまで、まわす気をわたしは持ち合わせてはいない。


ある日。

そんなわたしに電話がかかった。

相手は名乗らなかった。もっともらしい研究所の名だけをくり返して言う。もともと、知らない場所からかかる電話の、知らないひとの声などは、熱心に聞かない。

名乗らぬそのひとは、驚くほどよどみなく、あきれるほどの熱弁を振るう。ぼんやりと閉じかかった耳に聞こえてきたのは、夫にわるい病気（その原因として、品行をうたがうのが順当だといわれる類いの）がみつかったという。

「奥様でいらっしゃいますか」と問われたとき、「奥」にも「様」にも、わたしは濡れ衣を着たような気持ちにさせられる。

「きょう、このような電話をするのは奥様で五人目ですが、どなたも、パニックに陥られます。無理からぬことです」

熱弁氏は決めつける。

「わたしは、このようなことでは、いまも、このあともパニックには陥らないと思いますよ。何が理由でパニックに陥るんです？」

わたしは、平静を装って訊く。

「病気の原因はご主人かもしれませんが、奥様かもしれないのでございますよ」

「それならそれで、夫と一緒に病院にかかればいいわけでございましょう？」

そこで、電話が切れた。

あわて者のわたしにも、電話のなかみが事実でないことはすぐわかったが、相手の目的まではわからなかった。時間つぶしだろうか、というくらいに思った。

その日、打ち合わせのために会った編集者に向かって、そういえばきょう、おかしな電話があってね、斯《か》く斯くしかじかと話すと、「そりゃ、振りこめ詐欺《さぎ》ですよ。もう少し話がつながっていたら、表沙汰にならない治療の費用というのが提示されたはずです」という解説。

なんという時代だろうか。通信への過信を逆手《さかて》にとる犯罪。

電話嫌いに、詐欺の電話がかかるなんてね。わたしが電話をますます警戒するようになったのは、言うまでもない。


きょう、わたし、「いません」。

そう決めて時間を懐にしまい、ときどき、いなくなりたい。

口は禍《わざわい》の元

友だちが、ときどきつぶやく。

「口は禍の元。気をつけなくちゃ、気をつけなくちゃ」と。

わたしも相づちを打つ。

「そうだねえ。口は禍の元だねえ」


口は禍の元――発言したことが元になって、災難に出合うことがあるという意味の諺《ことわざ》だ。英文にも、「Out of the mouth comes the evil.」という、同じ諺がある。日本語にも、英語にも、その禍には「舌禍《ぜっか》」、ひとの悪口や中傷《ちゆうしよう》によってもたらされる禍が、連想される。

だとすると……。

人柄おだやかで、その口もまた、つよいことば、鋭いことば、醜いことばを吐くことのないくだんの友だちは、「口が禍の元」などと、自戒する必要はないことになる。口によって相手を悲しませることもないし、ましてや恨みを買うこともないだろう。

——なんだ、ぜんぜんダイジョウブじゃないの。

わたしも、友だちほど口がきれいではないにしても、悪口にも、中傷にも近づかぬよう気をつけている。……つもりだ。

——ま、わたしも、ダイジョウブよ。

そんなある日。

自分は、なぜ、こうもせわしないのだろうかと考える。

なぜ、一日二十四時間が、こんなにもギシギシ音をたてるのだろうか。すき間もなく、ゆとりもなく。

ひとより、抱えるものが多いわけでもないだろうに。毎日、仕事と一定時間向き合い、家の仕事もさくさく片づけ、そのほかの雑用も配分して過ごせば、もうすこしゆるやかに時間は編まれてゆくと思うのに。

なぜだろう、なぜだろうと考えながら、自分を観察した。

すると。

わたしときたら、なんというか、ひとの頼みをことわらないのだ。頼みばかりではない、誘いも、ほとんどことわらない。つい、いい顔、いい返事をしてしまう。せわしなさの元凶は、そこだったとみえる。

——いいですよ、やりましょう。

——それでは、ご一緒しましょうか。

こういうのも、口の禍のうちではないか、と心づく。

悪口、中傷でなくても、みずからの調子のいい返事が、みずからを災難に出合わせることがあることに、気がついた。

自分の持てる時間を無限だと思っているわけではない。が、なんでもかんでも引き受けていれば、同じことだ。

それをするのがよいかどうか。

それをする時間があるかどうか。

それをしたいかどうか。

それを、これからはよく考えよう——まるで、時間について勉強する小学生みたいだが。


友だちにおそるおそる尋ねてみる。

「口は禍の元だから気をつけるっていうのは、すぐになんでも引き受けないとか、誘いにのらない、とか、そういうことだった?」

「まあ、そうだね」

——やはり、そうだったか……。


これからは、こう言って自分を戒めるつもりだ。

一度口から出たことばは、呼びもどせない。

(A word spoken is past recalling.)

五十歳

いつの間にか年を重ねて、気がつけば半世紀。
五十年もひととして生きてきたことになる。

あらゆる方面で、まったくもって心もとない五十歳だが、歩いてきた道の上で、ほんとうにさまざまなひととの出会いがあり、そのことに、あるいはまた、そのことの周辺にも、わたしは学び、ときめきをおぼえて、いまここに立っている。

不思議なもので、このひととは、こういうかたちで出会わなくてもよかったのではないか、と思わされる出会いもあった。出会い方なのか、出会いのあとのわたしの結びちがいなのか、かかわりのとぎれた顔も、見える。たとえ、わたしの落ち度ではあっても、それはさだめだったと思うことにしよう。そう考えてみるだけで、心残りや負け惜しみの気持ちが消えてゆくようだ。

机の上の、英文翻訳の「課題」と英和辞典。

この胸にかすかな痛みをともなうひととの記憶でさえ、時は、すべてをなつかしさ、ありがたさに変える。それが、そのことが、五十歳のいまのわたしの、つぎへの門出を祝ってくれている。

ここに、五十歳という節目の扉とも言うべき、ひとつの再会を記そうと思う。そのひととの最初の出会いは、二十年近くも前のことになる。ひと目見たとき、「すごいひと」だと思った。

当時の書きつけに、こう書いてある。

なんと素敵なひとだろう。
羽衣のようなものを身につけておられた。ペールオレンジの羽衣。
天女かな。まさかね。……でも、やっぱり天女かもしれない。
いまのわたしには、とっかかりがつかめない。
つかめるようになったら、つかもう、あの羽衣の裾《すそ》を。

当時はいまよりもっと未熟ではあったが、若さの持つ活きのいい直感というものはあったらしい、それが証拠に、わたしはずっとその方を、「すごい」と思いつづけている。

出会いののち、かかわりを結ぶことかなわず、そのこともたぶん、さだめだった。そのひとのお仕事（の一部）をくり返し味わい、遠くから眺めていた。わたしのことを忘れないでいただくために、自分の書いた本をお届けすることを、つづけた。

それだけのことで、二度めの対面を果たさないまま、四十九歳の夏がめぐった。

二十年ぶりの再会は、ある佳《よ》き編集者をご紹介するという、何気ない機会が運んできてくれた。

初めてお仕事場をお訪ねしたとき、見た目こそ大人らしく振る舞いながら、ほんとうは、泣きじゃくってしまうのが、いちばんこの心をあらわすのにちがいない、という気持ちになる。うれしかった……。

明るいブルーのやわらかい無地のワンピース（羽衣）の下にパンツを重ねて、いやはや、天女のまま、二十年前と変わらぬまま、そのひとは立っている。どんな結びちがいをしようとも、まだその時がめぐっていないとしても、わたしは、この存在を学び、受け継げるものがあるなら、それを受け継がせていただこう、と決心した。

それは、長く「外国語」と「日本語」にかかわり、翻訳の仕事をつづけてこられたその方、Cさんの「英文翻訳」の教室に加えていただくという決心だった。自分の日常に、そのための時間――二週間に一度の授業に出るほか、翻訳の宿題をする――がつくれるかどうかということは、たいして考えなかった。

なにせ二十年越しの夢。通うと言ったら、通うのだ。

それが、五十歳のわたしへの、わたしからの誕生日祝いだった。まばゆいほどの……。

はるかな道

一昨日から、久しぶりにメイ・サートンの本を読んでいる。たびたび本棚からとり出して読んではいるが、このたびもまた、幾度となくはっとさせられている。

はっとさせられる箇所は、読むたびにことなるようだ。それは、読むときの自分の心境や求めがことなるからでもあるし、また、うすまった記憶が呼びもどされるからでもある。メイ・サートンの本は、自分のなかでうすまっては困る存在なのだ。

だが、芸術とか、技術のいろはさえ学ばないうちに喝采を求め才能を認められたがる人のなんと多いことだろう。いやになる。インスタントの成功が今日では当たり前だ。「今すぐほしい!」と。機械のもたらした腐敗の一部。確かに機械は自然のリズムを無視してものごとを迅速にやってのける。車がすぐ動かなかったというだけで私たちは腹を立てる。だから、料理（ＴＶディナーというものもあるけれど）とか、編み物とか、庭づくりとか、時間を短縮できないものが、特別な値打ちをもってくる。

『独り居の日記』所収

ここは……、ここの箇所だけは、頼りないわたしの記憶のかこいのなかにあっても、決してうすまることがない。肝に銘じる、ということになるかと思う。

もともとせっかちな質《たち》だし、すぐ先が見たくなる。

そういうわたしを引きとめ、立ちどまらせたものが、時間を短縮できない事ごとだった。そうしてだんだん、くり返すことの、練習の、つづけることの、値打ちをわかるようになってきた。

もともとうまくできた、などということは、ひとつもなかった。ほんの少しで

『独り居の日記』と『夢見つつ深く植えよ』
（メイ・サートン／武田尚子訳　みすず書房）
どちらもよく読み、ぼろぼろになりました。
くり返し読む本の付箋とオレンジ色の傍線は、
なつかしいひとからの便りのよう。

漬けもの器、いいでしょう？
これのおかげで、漬けものが身近になりました。
子どもたちも、3歳のころから、これで、
漬けもの（即席漬け）づくりをしています。
（道具は、ひとに「やる気」を起こさせますね）。
そうして。
漬けものというのは、漬けるだけ漬けたら、
おのずと「はるかな道」を行ってくれます。

も「器用」「のみこみの早さ」といった才があったなら、ずいぶんと道も近かったろうと思うが、そういうものは、残念ながら持ち合わせていなかった。

道はいつも遠かった。

もしもいま、わたしにいくつかの上達があるとしたら、それは、すべて時間をかけたおかげでたどりついた場所だ。

言い換えれば、時間さえかければ――くり返せば、練習すれば、つづけたなら――少しずつ上達する。少なくとも、わたしはそう信じることにした。

信じたおかげで、時間をかけることが苦にならなくなった。苦にならないばかりか、見えないだけでたしかにそこに在るたのしみの味を知ったともいえる。

五十歳の誕生日の年に「英文翻訳」の勉強を自分に贈ろうとしたその胸のうちにも、時間をかけて歩きたいという希求があった。はるかな道をあたらしく、また。

加えていただいたクラスのなかでは、おそらく落ちこぼれ寸前といったような存在だが、そんなことはかまわない。少しできるようになるまでの道のりを思って、うっとりする。上達まで、遠い道を行けることがうれしくてならないのだ。

思えば、すべての道にほんとうは近道などなく、時間を短縮できないことにこそ値打ちがあるということも、なかなか気づけぬものなのかもしれない。

気づいた者が、その値打ちをくり返し伝え、くり返し励ますというふうにゆきたい。

はるかな道を、喜々として歩きながら。

夜の外出

家にいるのが好きだ。

早く寝たいから、というわけではないが、――でも、やっぱりそれがいちばんの理由かもしれない。……そんなふうに思えてきた――夜はいっそう、家にいたい。

なんだか、年々出不精になるようだ。

とはいえ、わたしにも友だちがあり、参加する必要のある会合、どうしても行きたい観劇やコンサートもある。

そして、そういう夜の外出は、月二回までと、決めている。

――歌舞伎のチケット、とれたんだけど。

と、友だち。

カレンダーを見ると、すでに、その月の夜の外出は二回決まっている。こんなときは、その月までに使わずにおいた「夜の外出権」を当てるか、翌月の分を一回借りるか、する。

——行く行く。

夜の外出に回数を決めたことは、子どものころから何度読んだかしれない物語の影響かもしれない。出かけるときに、いつも玄関で、傘は持たなくてもいいかしらね、と思うのなんかは、その証拠だ。わたしの傘の柄に、オウムの頭はついていないけれども（※）。

「おやすみは、二週間おきの木曜日で、」と、バンクス夫人《ふじん》はいいました。

「二時から五時。」

メアリー・ポピンズは、きびしい目でバンクス夫人《ふじん》を見つめて、そして、いいました。「おくさま。上流の方たちのお宅《たく》では、一週おきの木曜日で、一時から六時です。わたくしは、そうさせていただきます。

（後略）」

『風にのってきたメアリー・ポピンズ』（※）のなかの「外出日」というおはなしの出だし。子どもごころに、メアリー・ポピンズの「おやすみ」はなんて少ないんだろう、と思ったものだ。

ほんとうにね。

午後一時から六時のあいだにできることといったら、映画を一本観るか。おそい昼ごはんを食べて、そこらをちょっとぶらつくか。それで終わり。けれども、その節度が、日々の歩調、足なみをととのえるのかもしれないな、とも思わされる。わたしにしたところで、夜の外出に、回数の制約がなかったとしたら、生活のリズムが狂って、たとえばすぐと睡眠不足になってしまうことだろう。なにせ早寝の早起きなのでね。

月に二回という制約があると、希少の値打ちがものを言い、外出が待ち遠しい。そうして、滅多なこと——気のすすまないつきあいや、会合など——のために、大事な二回の「夜の外出権」を使わないように、という戒めにもなる。

時間の捻出に向かうときは、真剣勝負である。

「真剣」も、「勝負」も、わたしには似つかわしくないことばだけれど、このときばかりは、この二つが一組で出てきて、わたしをぐいぐい押してくる。

時間をつくるのなら、さあ、さあ、さあさあさあさあ……と迫るのだ。

真剣勝負と言っても、相手が出てきてがっぷり四つ、ということではない。わたしが留守にするあいだの時間を埋める仕度をするのである。

夜の外出には、出かけるまでに、その時間をつくりだすための時間が必要になる、というわけだ。その分の仕事をすませたり。家で留守番の、夫や子どもたちの晩ごはんの仕度をしておいたり。最低限、そこらを片づけたり。

大義名分をかかげた、おそろしくめんどうな手続きの末の外出のようだが、家から一歩出たら、もう、こちらのものだ。仕事のことで憂えることはなく、家のこともほとんど考えない。そうなのだ。自分をそういう境地に運ぶために、時間をつくるための時間を費やしてまで、ここにこうしているのだもの。

※『風にのってきたメアリー・ポピンズ』（P・L・トラヴァース／林容吉訳　岩波少年文庫）
「外出日」にはメアリー・ポピンズは、白い手袋をはめて、こうもりがさをわきにかかえて、出かけます。

雨が降っていなくても、です。柄のところが、オウムの頭になっている、それは見事な傘なので、置いてゆくことなどできはしない、と作者のトラヴァースは説明しています。

遠くを見ない

歌舞伎座へ。

これは「たのしみ」にちがいないのだが、わたしのなかに、ほんとうは、「たのしみ」「仕事」「家のこと」「勉強」「休憩」というような分類はない。

それをすると決めたら、そこに生じるのは時間の観念だけ。

さて、どうやって時間をつくろうか……と。

わたしに与えられた時間が少ないわけもなく、また、ひどく忙しいということもない。それでも、どうやって時間をつくろうかなあと考えて、しばしカレンダーとにらめっこすることがある。

にらみ合っているなんて、それこそ時間の無駄ではないかと言われそうだ。が、カレンダーをにらみ、時間をつくるためにしなければならないことを、頭のなかにゆっくりならべてゆくことは、決して無駄ではない。

なにより、自分に時間をつくるための覚悟が生まれる。


さて、歌舞伎。

ああ、このひとの芝居が好きだ、と思う、そういう歌舞伎役者がいる。幕が上がって贔屓《ひいき》の役者が登場するだけで、手渡されるものがある。執念のようなものだろうか。かといって、それは粘っこいものではなく、からまるものでもなく……。強く強く執念を秘めていながら、その姿から発せられるものは、すっきりとした迫力、そこはかとないうつくしさ。

ある意味整頓された——ことばの選び方がふさわしくないかもしれないが——そこから受けとるものは、客席にいるわたしたちの器量によっても、そのときの状態によっても、ちがってくる。歌舞伎にかぎらず、文楽でも、宝塚歌劇でも、いろいろの舞台、コンサートにも、共通するものだろう。

そうなのだ。

じかに向き合う、抜き差しならぬ空気が、好きなのだ。

父方の祖母から（ダイヤモンド／左）、
母方の祖母から（ガーネット／右）の指輪をもらいました。

祖母たちの時代は、控えめだったんだなあ、と思います。

石は小さいけれど、デザインは凝っています。

歌舞伎座には、これをはめて行くのです。

祖母たちと行きたかったなあ、という気持ちから……。

ふたり一緒、というと祖母たちは、お互いまた気をつかいそうですから、ひとりずつ、かわりばんこ。

観ている、聴いているこちらにも、「生《ライブ》」には責任がある。その場の空気を、客席のわたしたちもたしかにつくっている、という意味で。私語は慎む、嚔《くさめ》や咳もできるだけ我慢する、時宜《しぎ》を得た拍手を、というような最低限の行儀は言うに及ばず、わたしたちは、その場にいるというだけで舞台に向けて何かをおくっている。

それが、舞台からこちらに向かってくるものと、混ざる。たのしみひとつとっても、まじめに向き合おうとすると、気の力といったようなものが入用になる。時間をつくるための気力。そうして、客席にあって受ける気、放出する気。

二〇〇八年一月に、NHK総合が、ある番組の拡大版として、奇蹟の女形「坂東玉三郎」をとり上げた。「坂東玉三郎」には、わたしも相当時間をつくらせてもらってきた。生意気を承知で言うけれど、どんなに苦心して時間をつくるとしても、そうする値打ちのある役者だと、こころから思う。

かじりついて観たその番組のなかで、「玉三郎」が言うのである。

「遠くを見ない。明日だけを見る」と。

そうして、

「遠い目標をもって、達成しないと残念だけど、明日なら残念さが少ないかなって」と言って、やさしい顔で笑う。

「ずいぶん長いことやってきてって、よく言われるけれど、あんまりそんな感覚、ないんですよね。どういう感覚かって、そう……毎日やってきた。そうしたらきょうになったという感覚ですね」

このことばは、とても、とてもとても、わたしを勇気づけた。

「遠くを見ない」

そうやって、四方八方から……。

わたしにとって、唯一絶対なる予定表たる「カレンダー」には、日ごとの予定のほか、この月のうちに片をつけたい事ごとも、書きこむ。欄外に、はっきりと。

それはたとえば。

網戸掃除、家じゅうの金具みがき、といったようなことから、大きな仕事の締切、何かの申し込みといったような、逃してはならない事柄について、だ。

カレンダーをあとから見直すと、そのときどきの自分の思いや、時間の捻出に四苦八苦していた姿が浮かび上がる。

昨年のあれは、いつだったたか。

思いだしたいことが出てきて、二〇〇八年のカレンダーをとり出す。あんなに近く思われることが、実際には、思っているのよりだいぶ前の出来事だったりするのは、常のこととはいえ、驚くばかり。

昨年のカレンダーを一枚一枚繰ってゆくと、九月の「9」の字のとなりに、こんな文字が連なっていた。書いたのは、わたしだ。

そうやって四方八方にパワーを吸われているあいだは。

……なんだ、これは。

記憶を、昨年寄りにそっと運んでいくと、漸《ようよ》うある場面がよみがえった。ならんで歩いていた友だちが、ふとつぶやく。

「そうやって四方八方にパワーを吸われているあいだは、いい仕事はできない。……若い頃、ある先輩に言われたことばなのよね」

はっとした。

その場面においても、なぜ、自分がはっとしたのか、そこのところは、いまひとつわからなかった。とにかく、これは憶えておかなくては。そう思って、鞄からカレンダーをひっぱり出し、書きつけたのだった。

「そうやって四方八方にパワーを吸われているあいだは」

というところまで、書いた。

ひとは誰も、吸ったり吸われたりだと思う。というと、まるで吸血鬼のようだが、この場合の「吸う」は、血ではなくて気だろうか。


そのことばに、なぜ、わたしは心動かされたのか。

カレンダーに書きとったのはいいが、誘起の理由はわからないままだった。だいいち、四方八方に気持ちを向け、手を出し、口もちょっと出すのが、わたしの生活だ。それを「吸われる」からいけない、と言われても、いまさら投げだすわけにはいかない。

四方八方に気を散らしながらも、仕事をするという、立場。

仕事をしながらも、四方八方をできるだけ行き届かせたい、立場。

このことは、頑として譲れないものでもある。

そんなことだからいつまでたっても……と言われても、それはそれ、甘んじて受けるしかない。

それなら。

吸われ具合、吸われ方を考えればいいわけではないだろうか。

わたしがはっとしたのはそこだったとみえる。おめおめ吸われに出ていかないように気をつけたり。吸われない心がまえをしたり。


そうだそうだ、とうれしくなる。

吸われ過ぎればへたばるし、心身の回復に、時間も要する。なんとなくおつきあい、とか、まわりみんなにいい顔をする、とか、そういうことからは卒業だ。


しかし。

そう言うわたしも吸っている。

吸われる前に吸ってしまえなどと言いだすと、それはまるで、先制攻撃をしかける現代の戦争のような話になってゆきそうで。ゆっくり考えて、吸う話は、またこんど。

第4章 夜の時間——じっくりと、たっぷりと

早寝

ついこのあいだ、またひとつコトバをおぼえた。

英語の「person」（人間、ひとの意）の成句。

名詞のあとにpersonがくるときには、「〜好きなひと」とか、「〜型人間」という意味になるという。

たとえば、a cat personで、「猫好き」。a night personで、「夜型人間」。

「a night person」と帖面に書きながら、思う。I'm not a night person.（わたしは夜型ではない）と。

a night personだったことは、なかった、と思う。

子どものころから、夜はたちまち眠くなる。友だちと、どこかに泊るようなときでも、わたしはひとり、真っ先に寝てしまう。友だちがにぎやかに喋《しゃべ》っている

ある日の寝入り端《ばな》、
隣家からいい香りがしてきました。
ポトフみたいです。
翌朝、早速家にある材料で、
真似してポトフをこしらえました。
鍋に、ぎゅうぎゅうと材料をつめこみ、
昆布をつけておいた水（89ページ参照）を
注ぐのです。
味つけは、塩こしょう。

〈材料〉
きゃべつ、長ねぎ、にんじん、しいたけ、
ソーセージ（フランクフルトのように、
太いのがいいのです――破裂するので、
包丁で切り目を入れること）。

なかで、平気でぐうぐう眠るのだ。

大人になってからも、変わらず、眠ることには集中している。

それでも、上の子どもたちが幼かったころには、ふたりが寝てしまったあとは自分だけの時間だ！　と、ほくそえんでいたのだ。自分の時間をできるだけたくさん持ちたいばかりに（?）、ふたりの就寝時間は、小学六年生まで「午後八時！」だったのである。

けれども……。持ちたい自分の時間とは、やっぱり眠ることだった。わたしときたら、子どもの寝たあと、おそくも十時には、もう寝てしまっていた。

眠るとは、わたしにとっては休息のほかに、ひらめきを待つ時間、考えをまとめる時間だ。それが証拠に、頭のなかがこんがらかり、これという考えが浮かばないときは、何をおいても、まず寝ようとする。椅子に坐って考えるとか、書きながら道をさがすとか、そういうことはあまり、しない。

考えていること、さがしているもの、それは——。

その時どきの仕事のテーマ。書きだし。構成。翌日いちにちの流れ。あのひとへの、このことの伝え方。悲しみの忘れ方。などなど。

考えごと、さがしもののある日は、晩ごはんを食べて、片づけがすんだら、それが午後八時であっても、布団に入る。ふだんにも増して早寝の背中にむかって、家人たちから声がかかる。

「いってらっしゃい、がんばってね」

ふだん？

九時台に床に入るのが、目標。

十時、十一時は、わたしにとっては深夜である。

真夜中の乾杯

深夜、ひとりでぼんやり考えごとをしているわたしの目の前に、子どもがあらわれた。六歳くらいだろうか、髪のみじかい女の子。

少女　こんばんは。

ふ　え。あ。う。こんばんは。

少女　それ、なあに？

ふ　お酒なの。ウイスキーなの。……ええと、一杯やる？

少女　（間髪入れず）うん、一杯やる。いいの？

ふ　いいわよ。待ってて。

いま、飲みものつくってくるから。

少女　（テーブルにつく）いま、何時なのかな。

ね、そっくりでしょう？
どちらがりんごジュースでしょうか。

ジュースで乾杯していた
子どもたちのうち、
ふたりは成人しましたので、
梅酒を、たくさん
つくるようになりました。
成人女子とは、
これで乾杯しています。
（わたしは、
あくまでウイスキー）。

ふ　一時だよ。真夜中。
少女　すごい。こんな真夜中を見るの、初めて。
ふ　じゃ、真夜中の乾杯ね。
少女　これも、お酒？　ウイスキー？
ふ　それはね、りんごジュースだよ。
ウイスキーみたいでしょ？　はい、乾杯！
少女　乾杯。

ふたりは、静かにコップを合わせる。グラスのなかで躍る氷の音が、カランと鳴る。

＊＊＊

これは二十年前の、わたしの夜に起きたこと。
当時わたしは、ひとり親家庭の「かーちゃん役」をやっていた。子どもがふたりいたので、仕事も必死だったけれど、それより何よりなるべく家にいられるように、ふたりのそばにいられるように、と、そのことにいちばんこころを砕いたのだった。持てる時間の多くを、子どもふたりのために使いたいわたしだった。ほんとうは、時間がすべてではないと、知っていたけれど、あのころのわたしには、子どもに手渡せるものとして時間がわかりやすかったとみえる。

さて。

真夜中に起きだしてきた少女は、上の子ども。めずらしく、目をこすりこすり、「おてあらい」と言って部屋から出てきた。そこでまた、めずらしく、ひとりでウイスキーを飲んでいたわたしと鉢合わせして「一杯やる？」という仕儀にあいなった。

あの不思議な時間のなかで、初めてわたしは、母と子のあいだの、ふだんは見えない一面を学んだ。学んだというと、いかにも大仰《おおぎょう》だが、「親」として聳《そび》えたいという思いをひとまず床に置いたという意味で、節目になった。ひとりで気負い、ひとりで緊張し、欲張りばあさんのように手元に時間を集めていた自分が、ふとほどけた瞬間だった。

あのときも、最初は、自分が子どもの話を聞いてやろうと思っていた。ところが。りんごジュースとウイスキーを飲みながら、話を聞いてもらったのは、こちらのほうだったのである。

＊＊＊

少女　ときどき、こんなにして、夜ひとりで飲んでるの？

ふ　（ウイスキーを注ぎ足しながら）眠たがりだからね、滅多にはないよ。でも、きょうはね、ああ、もう昨日の話になったけどね、仕事で、しくじっちゃったの。ぼんやりしてて。

少女　ときどきしくじるといいんだよ。

ふ　え？

少女　おかーさん、わたしに、いつも言うじゃない？

しくじると、しくじるひとの気持ちもわかるし、まわりもほっとするもんだよって。

ふ　そ、そうだね。そういえばわたし、きょう、しくじって、みんなに一緒に困ってもらって、うれしかった……。うん、うれしかった。

少女　アタシたちも、いつも、おかーさんに一緒に困ってもらってるよ。たまには、アタシたちが一緒に困ってあげるよ。ね。

ふ　……。

生んだのは自分、という資格だけで、母と子のかかわりを見ようとするのはいかにも貧弱、と思わされた。子どもとのあいだの、ふだんは見えない一面。それは、どうやら魂の問題にかかってくるようだ。

ところで。

以来、わたしは、夜中の乾杯の機会を、待つともなく待つようになった。子どもひとりずつと、向かいあって飲みたい、飲みたい、と。相手の魂の前に、そっと額《ぬか》ずきたいような思いで。

ところで。

夜中の乾杯のとき、グラスのなかの飲みものの色は同じにするのがいいな、と思っている。

いのり

忘れられない日にちと、時間がある。ひとは誰でも――どんなにおぼえのわるいひとでも――、すらすらと言うことのできる数字の連なりを持っているものではないだろうか。

わたしも、持っている。

数字をおぼえられないことにかけて、自信を持っているわたしだけれど……。

二〇〇八年八月十四日、二十三時四十五分。

十三年間ともに暮らした黒猫の「いちご」が大けがをしたその日、その時間。

交通事故だった。めずらしく夜更かしをして夫とふたり、家で向かい合って酒を酌みかわしていた。娘たちは、三人そろって、旅の空。

おもてでものぶつかる音がして、飛び出してみると、いちごが道の上で狂ったように身をよじっていた。バイクに……、接触……？

　近づこうとすると、いきなり飛ぶように道を横切ったかと思うと、いちごは、隣家のくるまの下に身を隠し、そこから出てこようとはしなかった。全身、痛みと、それ以上の驚きとに占領されているのにちがいない。なんとか引っ張りだした夫から、そのからだを抱きとると、わたしの胸が、たちまち赤く染まった。

　そこから往診専門の動物救急のくるまが到着するまでの記憶がない。応急処置の女性ドクターの慈愛に満ちた佇まいによって、わたしは、こころの平静をとり戻した。まんじりともせず、明け方を待った。いちごの息づかいのひとつひとつが、全身耳のようになったわたしのからだを打つ。

　かかりつけ医のもとに駆けこんだのは、朝六時過ぎだった。


　いちごは入院した。

　考えてみればあたりまえのことなのだが、わたしたちには出る幕がなかった。ドクターにわたしたあとは、ただ、いのるしかなかった。

　つぎの日から毎日、「面会」に通った。

うちから四十五分かけて歩く。自転車もよして徒《かち》にて通う気持ちのなかに、その一歩一歩を、いちごに捧げたい思いがあった。

目の前にはつねに、薄暗がりがひろがっていた。自分が行く数歩先の線より上には、視線が上げられなかった。止まってしまった時間を破って、無理矢理歩く感覚。

いちごは、生還した。

「いちごさん、最初から生きる、と決めていたみたいです。わたしたちの目からは、ああこれは、もう助からないな、というふうに見えていましたけど、そんな予想も、彼女の生命力がはねのけてしまいましたね。手術にも耐え、痛みにも耐えて、ほんとうによくがんばりました」

と、ドクター夫妻。

入院十日めのことだ。

いちごの入院は、ひと月と一週間つづいた。

休診の水曜日（日曜祭日も午前中の診療がある）のほかは毎日いちごに会いにでかけた。つまり、わたしはそのための時間、往復の一時間半と、いちごと話す十分間を合わせた一時間四十分という時間を、毎日つくったのだった。

その時間――、

考える。夢見る。感謝する。また考える。思いだす。いちごを思う。いちごがおしえてくれたことを、ひとつひとつ思い浮かべる……。

――いち（呼ぶときは「いち」と）、うちは変わりないよ。

――あのね、あのね、あのね……。

最初は見舞っているつもりだったが、そうではなかった。入院しているいちごのもとに出かけて行ってまで支えてもらっていたのだった。

あのね、あのね、と話しかけ、しがみついていた。しがみつきながら、いのった。

――いのり。

そうだ、あれはいのりの時間だった。

あの、一時間四十分は、いのるとはこういうことなんだということを、わたしに、おしえた。

友だち、すこうし

人との関係に名前をつけようとすると、無理が生じることもある。とくに、友だちと呼んでみようか、それとも知人だろうかと迷ったりするのなんかは、ぞっとしない。関係の名称はどうでも、相手と自分ということにちがいはないのだから。

もっとぞっとしないのは、人脈をつくろう、というような心である。もちろん、職業によってはそれがどうしても必要になる場面もあるだろうけれども、正面きって「人脈をつくりたい」とか、「何より大事なのが人脈です」というようなことを言われると、ひとりでに足がうしろのほうへ……後ずさりを。後方へさがりながら、自分はもしかしたら「人嫌い」なのだろうか、と思う。自分も人であるのにちがいないのに、すぐ人にくたびれて、人を避けようとする。たくさんの友だちをもって安定している人びとからは、どんなにか情けなく見えることだろう。

人が嫌いなんてことはない、と言いたい思いもある。

苦手ということもない。……つもりだ。

ただ、おつきあいは、ほんとうに「すこうし」でいいという心持ちでいる。それは半世紀生きてきた、いま頃の心なので、きょうまでのあいだには、勘違いも少なくはなかった。自分を知らなかったということもあるし、人と人というものがどのようにしてつながるかということも、見えていなかった。見えないままに長々歩いてきたような。

それはつい先日のことだ。

ということはだから、すでに五十年間生きた末の、ある日、ということになる。

友だちとふたり、向かい合って静かにものを食べていたとき、ふと、ほんとうにふと、友だちというのは、いつの間にかそうなっているものだというふうに思った。そのとき、さあっと本が繰られていくように、それも過去に向かってめくれるように、かつての事ごとが見えた。

友だちになるための努力、努力、努力。

そういう努力を惜しまずにしていた頃のわたしには、こういう場面で出会ったからには友だちにならなければいけないという、思いこみがあったのだ。思いこみは仕方なかったとしても、同時に持った気負いは、わたしに相当な無理をさせた。わが身をかえりみて人嫌いかもしれないと、つい思うのも、あの頃の気負いのせいかもしれない。


ただ自然に、誠実に相手の前に立っていればよかった。

人との関係に名前をつけたりせずに。


人づきあいを時間に換算して、もったいなかったとか、無駄をしたと考えるのは、卑しいことだ。わたしは、過去、いろんなお人からおしえられ、育てられ、おもしろい目にもあわせてもらった。辛い目をみたときでさえ、学びがあった。

そして、どんなとき、どんな人の顔を思い浮かべても、なつかしいことのひとつふたつはよみがえる。ありがたいことだ。

ついこのあいだ、古い知り合いがあつまるという小さな会へのお誘いを、考えた末ことわった。なつかしくないことはないけれど、いまのわたしには、荷が重かった。その頃のことは離れていてひとり、考えようと思った。

そうして、離れていてひとり、というのが、思いのほか濃い時間だったことにも驚かされた。その顔ぶれにまつわるかすかに苦い記憶、あたたかい記憶が、さんさんと照り返してくるようだった。

すこうししかない友だち。夫や子どもたち。親しい縁者。

決まった場所で顔を合わせる、名も知らぬ人びと。仕事をともにする仲間たち。

皆、かけがえのない存在だ。

そうした人びととはつまり、お互いのあいだに時間のやりとりがある。その時間を、ゆっくり深めることだろう、これからは。

失っては、いない。

友だちとの縁《えにし》も摩訶《まか》不思議だが、本との出合いにも、似たところがある。これだけ本が好きなのに、最近は手にしても読み通せない本がある。

「飲みこみ」がわるくなっているのだろうか。

「好み」がうるさくなってきたのだろうか。

どちらも当たっているけれど、ほんとうは、本との出合いの不思議さを知ってしまった身に起きるこれまた不思議、ということだろう、と思う。

このごろ、末の子ども（小学五年女子）の借りてくる本がおもしろい。学校の図書室で、市立図書館で借りてきた本について、彼女は能弁に語る。その演説につられて、どのくらい、少年少女向けの本を読んだことだろう。

つい先日、彼女が抱えていたのは、市立図書館の大人向けの書籍の棚で選びだした本なのだった。

『三色パンダは今日も不機嫌』(※)というのが、その本だ。可愛らしい書体の書名と、装画の印象から、児童書なのかと思った。が、そうではなかった。だから娘もときどきやってきては、この字何て読むの？　そして、どういう意味？　と聞く。

「この字は？」

「ああ、降臨《こうりん》ね。かみさまが、この世にやってくることだよ」

そう答えながら、どきりとする。

「それ、子どもの本なの？」

「ううん。大人の本だよ。お母さん、読んだほうがいいよ。すごくおもしろいの」

――何かが降臨してきたりするような、怪しい話……？

家のなかで見かけるたびに、その本を読んでいる彼女の様子が、気になってしかたなくなる。子どもが、おかしな本を読み、おかしな影響を受けているのではないかと、心配しているのでは、もちろん、ない。ほんとうにおもしろいんだなあ、と思って。

ちょっと妬《ねた》んでいる。

さあ読み終わった、と言って渡された本を、わたしは、一夜にして読んでしまった。布団に入って最初の半分を読み、一度眠って、朝方残りの半分を読んだ。

作家は、数年間の「引きこもり」期間を経験したのち、三十五歳のときに小説家になる決心をかためたひとだそうだ。カヴァの袖にそう書いてあった。

不思議なことを、さも何でもないことのように描いてゆく。

読んでいるわたしも、あたりまえの顔をして読んでゆく。

三色パンダが羽村氏のアパートのドアをノックした。

羽村氏はまだ眠っている。なにせまだ午後二時だ。羽村氏は目下のところ、午後九時に寝て、午後三時に起きることを日課にしている。起きている時間は六時間しかない。羽村氏は六時間も起きていれば十分だと考えている。

羽村氏は最初、三色パンダのノックを無視した。羽村氏はいろんなことを無視する。世間の常識は無視する。世間の非常識ももちろん無視する。「そろそろきちんとしないとダメだよ」という家族や親戚の声も当然無視する。

つい長々と引用してしまったが、これは、もしかしたら作家の、「引きこもり」の経験が書かせた、実感の裏打ちのあるくだりではないだろうか、と思う。

なんだかいいなあ。

ひとから見て、わけのわからない状態に陥ったことのあるひとは、いいなあ。

さて、引用のくだりは『三色パンダは今日も不機嫌』の二ページめのところだから、ものがたりははじまったばかり。さいごのほうに、「降臨」の場面も出てくる。

ひとからは、時間を失ったかに見えるひとの、失ったかに見える時間は、のちにむっくり起き上がり、光を放つこともある。そんなふうに思えて、わたしは、時間がますます愛おしくなった。時が止まったようになる瞬間を、わたしだって幾度か味わっているはずだ。

恋したとき。

夢中で仕事をしたとき。

旅のとき。

※『三色パンダは今日も不機嫌』（葉村亮介　ランダムハウス講談社）

ポテトサラダ定食

「きょう、いいもんつくってあげる」

末の子ども（小五）が、言う。

まさにこれから、晩ごはんの仕度にとりかかろうとする台所にやってきて、なんだか、うれしそうな顔。

じゃがいも、にんじん、きゅうり、卵はあるかと言うので、それをそろえて目の前にならべてやる。

「きょう、家庭科の時間に、ポテトサラダをつくったの。アタシのグループの、すごくおいしくできたんだよ」

「そうかあ。ひとりでつくれれば、もう、自分の得意料理！　素敵！」
☆「じゃがいもとにんじんの皮をむきます」

と、アナウンス。

包丁の動きはぎこちないけれど、じゃがいもの芽もていねいにとって皮をむいている。

じろじろ見ると邪魔になりそうなので、素知らぬ顔をよそおって、わたしはわたしで塩鯖《しおさば》を焼いたり、大根の千六本の味噌汁をこしらえたり。
☆「きざみます」
じゃがいもは乱切り、にんじんは薄めのいちょう切り。

きゅうりは輪切りにして、塩もみにする。
☆「茹《ゆ》でます」
鍋に水を汲《く》み、じゃがいもとにんじんを入れる。そうして卵も。

「へえ、卵も一緒に茹でちゃうんだあ」

ポテトサラダ定食、おまちどおさん！
粉ふきいもにしたあと、
バターをひとさじ入れるのがポイントだそうです。

ごぼうの炊き込みご飯、焼き塩鯖、
ナスの揚げびたし、にんじん白煮。

ポテトサラダの向こうを張って。
わたしがつくった「茄子の揚げびたし」
素揚げにした茄子をどんどんめんつゆに
漬けていくだけの簡単料理。
かぼちゃや、れんこんもおいしいけれど、
茄子がいちばん人気です。
（めんつゆに、おろし生姜を加えています）。

「そうなの。先生がね、急ぐときには、こうするといいわよ、って」

「いいこと、おそわったねえ」

じゃがいもとにんじんと卵を一緒に茹でることによって、子どもは、料理の手順を考えるアタマになっている。

作業のなかのあれとこれを「同時進行」で、という知恵を、学校でおそわるなんて、ありがたいことだ。

ポテトサラダ中心の晩ごはんにしよう、と思いつき、定食用——とわたしが呼んでいる——皿のまんなかに、レタスの葉をふわりと置き、その上にポテトサラダをでん、と盛りつけた。わたしが焼いた鯖は、はしっこに。

「皆さん、きょうは特製ポテトサラダ定食ですよっ」

料理に使える時間には制限がある。食卓に間に合わさないといけないからだ。

まかされた時間を手のひらの上にのせて、じっとみつめる。それは、いま、子どもがピアノで練習しているリムスキー・コルサコフの「熊蜂の飛行」を何分間で弾くか、というようなことと似ている。曲（音楽）は空間そのものだが、何分間で弾きあげるのがもっともふさわしい、という理想の時間が存在する。

決まった仕事をするときに、もっとも大事なのは手順だと、彼女は知りはじめている。うつくしい、と呼んでもさしつかえのない手順のなかで、時間から得るもの、それが暮らしの醍醐味だ。

時間とわたし

時之助と道蔵、村の辻で出会う。
道蔵、時之助を見て、うれしそうに駆けよる。

道蔵　お変わりなくおられたかの。しばらく会わんかったが。

時之助　おらは、いつでもおんなじ調子じゃ。こちらから尋ねよう。道蔵さんは、変わらずにおられたか？

道蔵　庄屋さんのところの御門をあたらしくつくることになってな。その仕事に加えていただいておるんじゃ。

時之助　それは忙しいことだなあ。こんなに早くから、日の暮れるまでの仕事だろうが。ご苦労さんです。そんならこれから、頭領のところに行かれるんだな。そうか、おらも頭領にたのみがあって行くところさ。ならんで行こう。ならんで行こう。

ふたりならんで歩きはじめる――。

しばらくうつむいて歩いていた道蔵、とつぜん顔を上げると、思いきったように言う。

道蔵 時之助さん、この月のおわりに、おらあ、どうしても山向こうの八幡宮に詣でたいと思うておるんだが。じつは、おっかあが春から患《わずら》っていてな。願をかけて山に登り、八幡さまにもおすがりしたいと思うておる。

時之助 そんでも、いまの道蔵さんは忙しくって、山向こうにまで出かけていく時間も、気力体力もありゃせんのじゃないかの。

道蔵 そう思うか、時之助さん。ほんとは、おらもそう思うがよ。だけんども、なぜだろうなあ、どうしてもどうしても、行きたいと思ってしまっておってな。七日後が休みだもんで、朝がた、家さ出て、行ってくるつもりなんだ。おっかさんにも言えないはなしだで、時之助さん、何も言わずに、おらがそう言うたことだけ、おぼえておいてくんな。

時之助　（道蔵の顔をのぞきこみながら）わかった。ここに（自分の胸を指さし）しまっておく。無事に行って帰れるように、祈ってもいる。行ってこい、道蔵さん。行ってこい。

道蔵　ありがたいことだ。時之助さん、ありがとう。

＊＊＊

時間とひとって、どんなふうなものだろうか。

ならんで歩いている感じだろうか、と考えていたとき、目の前に時之助と道蔵があらわれた。道蔵は、わたしらと同じ人間《ひと》だが、時之助は……。時間そのものか、あるいは時の精のような存在か。

忙しい状況に陥ったり。

ぽかんと暇になったり。

ひとには、いろいろな場面——時間とのかかわり方——がある。

ふだんは空気のようなお互いであるけれども、場面によっては、時間との関係がぎくしゃくしてくる。喧嘩か？　と思うようなことさえ、なくはない。無理ばかりさせて、こちらの気持ちを少しも理解してくれない、と思ったりするのだ。

数年前のある日。

いろいろなことが重なって、時間のやりくりが困難になったことがある。もうだめだ、と思いかけた。しかし同時に「これは試練だ」と思えてきたのだった。こんな場面で、自分がどのような過ごし方をするのか、お手並み拝見、という境地になった。開き直ってのことだったかもしれぬ。

そうして、時間に向かってこう頼んだ。

——だいぶ無謀なことをしようとしているのだけれど、ちょっとのあいだ目をつぶってください。

——許して、見守ってください。

不思議なことに、時間は応援してくれた。

＊＊＊

八日ののち、朝早く、道蔵はふたたび時之助に会う。
晴れ晴れとした顔で、道蔵、時之助にお辞儀をする。

時之助　どうされた、どうされた。そんなに深々とお辞儀などして。おはようさんでございます。これからお仕事かの。

道蔵　（ちょっとあわてて）お、おはようございます。時之助さん、ありがとうよ。きのう、行ってまいったんだが、山向こうの八幡さまに。無事にな。それにいつも仕事からもどるんと、少しもちがわんくらいの時分に帰ってくることができましたんじゃ。帰ってみると、おっかあは起きていて、おらに汁をこさえてくれておったんだが。
そりゃあうれしそうに「時之助さんが、昼過ぎにここへ寄ってきのこ

居間の、チープな柱時計です。
けれど、とても気に入っています。
振り子も、遥かげな文字盤も。

ところで、祖父母の家にあった柱時計は、
どこにいったのだろう。
ぼーん、ぼーんと鳴って時を告げる、時計……。
ぜんまい（２か所あった）を巻いて動かす、時計……。

をどっさりくだされて、それでこさえてみる気になった」と言うて。顔の色のいいことには驚いた。ほんに時之助さん、ありがとうございました。

時之助　おやそれは、おまえさんが願をかけて山を越え、八幡さまに参ったご利益じゃ、ご利益じゃ。よかったなあ。思いきって行ってよかったなあ。

道蔵　ほんになあ。時之助さんに打ち明けて、よかった。おまえさまと約束をしたという心持ちで山を歩き、八幡さまに手を合わせ、また帰ってきたがよ。

＊＊＊

時之助は、いや時間は、どこかでひとを助けてくれる存在でもあるのじゃないかな。

永遠

ふ、さま

今日は自閉症の若い作家、nさんと札幌のバスめぐり。
あるバス停では一時間待った。
日曜日だから家族連れのクルマがぶんぶん通り過ぎる。
nさんは待つことは平気。
欲望を内の世界に閉じこめて、外の世界にぶつけることをしないから、
他人に羨望のまなざしをもつことがない。

まず、行った先はホームセンター。
ここでnさんは画材のペンキを買う。

またバスに乗り、地下鉄に乗り換えて、ドン・キホーテへ。
そこでnさんは好物のビーフジャーキーを買う。
またバスを待って、札幌の大通り公園にもどる途中、雪が降ってきた。
約五時間の、バスと地下鉄を乗り継ぐ小旅行。
最後に時計台の近所の彼の好きなラーメン屋でラーメンをおごった。
いちばん安い醤油ラーメン。
二人で並んで食べて、おいしかった。

このシアワセが、ぼくにはなつかしい。
日頃暮らしているなかにあるのと、同じもののように思えて。
ぼくらがめざしているのと、似たやすらぎを感じて。

そして、自閉症のひとと一緒にいるときに得られるやすらぎは何だろう、と考える。
進化の途中で絶滅してしまったネアンデルタール人の子孫なのではない

かと。

ネアンデルタール人は争いをしなかったという。

墓に花をたむけたという。

人間の祖先であるクロマニョン人の遺伝子とどこかが違ったのだろう。

ネアンデルタール人は遺伝子に障害（いま、そう分類されているという意味だけど）をもつ人種だったのかもしれない、ぼくたちの祖先が滅ぼしてしまったのかもしれない、と思ったりする。


明日は午後三時に家に着きます。

は、より

昨年、旅の仕事が多かった夫がくれた、メール。

共にいる時間がいよいよ少なくなってきた頃、旅の荷物に薄型のパソコンを加えて出かけるようになった。

映像の仕事をしている夫の荷物は、荷物嫌いのわたしからは、途方もないものに見え、その上にどんなに薄かろうが、軽かろうがパソコンを積むなど、考えたくもないほどだったけれども……。これがいい具合だった。

こちらから他愛もない日常の報告をし、あちらからこれまた、ただあるがままの様子を受けとることが、これほどおもしろいものになるとは。おもしろいと言っては、疲れきってなおメールをくれるひとには失礼かもしれないが、読み応えがある。そうしてそれは、互いを守りあうやりとりでもあった。

夫がここ数年とり組んでいるのは「アウトサイダー・アート」の世界。

既成の美術のシステムの外側で、こっそりと自分だけのために創作しているひとととその作品をさがし、創作風景を映像に記録する。それは夫に打ってつけの仕事だった。

この世からははぐれたように見えていながら、そのじつ魂の命じるままに生きている人びとが好きなのだ。好きなのもそうだし、相手もどういうものか、そういう夫を慕ってくれる。

ああ、いい機会がめぐってきたなあ、というのが、偽らざる思いだった。

そうは言っても、それぞれ作り手が抱える事情には深刻なものも少なくはなく、痛手のようなもの、なんともいえぬ何かに取り憑かれることもあるらしい気配。メールが届けば安心した。

さて、長々と引用したくだんのメールに、わたしは「永遠」を思った。時間など気にしていない存在の生きている、時間。そういう時間に、たとえ五時間だけでもつきあうことのできた夫も、「永遠」を垣間みたことだろう。

ごくごくあたりまえのような気がしていることを、シアワセと気づくことこそが、永遠。

時間を学び、時間を味わう——おわりに

いろいろな理由がかさなって、超特急で書くことになった本です。わたしに見えている理由は、ひとの都合や、この世の計画のようなものばかり。けれどもこういう場合、ひとの目には隠された理由もあるのではないでしょうか。

時間を学ぶ。

書きはじめたのは、昨年十一月おわり。その日は、わたしの五十歳の誕生日でした。一日に一本書くことを自分と約束しました。ほかにも仕事がありますし、主婦の役目もあるわけです。ちょっぴりですが、母としての活躍どころももっています。

むずかしかったのが、時間の配分です。

いいえ、むずかしくなるのは時間の配分だろう、と考えていたのです。

ところが、どうやらそれが心得ちがいらしいことがわかりました。配分などできようもないというのが、時間に対するいまのわたしの気持ちです。

本文のなかにも、あちらへこちらへと、少しずつ書きましたが、いま、わたしは、ささやかに英文の翻訳の勉強をしています。二週間に一度教室に通うこと、「課題」にとり組むことが、この勉強の約束です。日本語にすると、四〇〇字で四枚から六枚分になるかというくらいの英文が、課題として目の前にひろがっています。ただ、ことばだけがひろがっているわけではなく、ものがたり、歴史、背景というものが、まるで推理の対象のように迫ってきます。それは、ちょうど知らない世界を旅するような時間です。

けれども、このことがどんなに意味深くても、わたしには、仕事が片づくかあるいは片づく見こみを得た上で、勉強にとり組むという決めごとがあります。それが相当にきつく思えたのは、実際に勉強をはじめる前のことでした。

はじめてみたら、こうです。

課題に手をのばしたい一心で、仕事をしました。だらだらしているわけにはいかないのです。きょうはきょうとて、あとには、およそ五十年前のイギリスへの旅がひかえているのです。

この本の、毎日一本ずつ書くという日々のなかでも、課題を休むことはありませんでした。机での仕事のつづきがまた机、と、思って可笑しくなることはありますが、不思議なほどこころが、そして頭のかたまった部分がほぐれます。

こういうのは、時間の不思議です。

こしらえようと思って、できるものではないらしいのです。

時間を味わう。

そうそう、同じ時期、こんなこともありました。

毎年一月のおわりに、味噌を一〇キロ仕こむというのが、わたしの年中行事です。それを、ことしはやすみました。

ことし、その時期の予定の混み方を見通して、味噌は言ったもんです。

「欲張るのもわるくはないが、過ぎるとやっぱりよくないよ。ことし、わたしはやすむからさ、来年また仕こんでおくれよ」

わたしは、からっぽの甕《かめ》を眺めてため息をひとつ落としましたが、決めました。ことし、味噌は、やすむことにしました。

「やすむことにも、学びや味わいが、きっとあるよ。注意深くないと、気がつかないけどさ」

と、甕のなかから声がします。

＊＊＊

この本は、久しぶりの書き下ろしです。超特急ではありましたが、かかわってくださった方々のおかげで、わたしには、それが凝縮されたものに思えるのです。御礼申します。

ことに、ＰＨＰエディターズ・グループの見目勝美さん、どうもありがとう。時間についての本をと誘《いざな》っていただいたおかげで、いろいろな気づきを得ることができました。

二〇〇九年二月　土筆《つくし》を想いながら

山本ふみこ

追記　文庫化にあたり、ＰＨＰ研究所の加藤知里さんにたいそうお世話になりました。

著者紹介
山本ふみこ（やまもと　ふみこ）
1958年北海道生まれ。随筆家。ごくあたりまえのような気がしていることを、シアワセと気づいて暮らしたいとねがっている。つれあいと、娘三人の五人暮らし。特技は、日々くり返す時間のなかに、おもしろみをみつけること。好きなことは、山歩き、歌舞伎や文楽、宝塚歌劇の観劇、将棋、「嵐」。
著書に『こぎれい、こざっぱり』『おいしいくふう　たのしいくふう』『台所から子どもたちへ』（以上、オレンジページ）、『家族のさじかげん』（家の光協会）、『子どもと一緒に家のこと。』（ポプラ社）、『わたしの節約ノート』『山本さんちの毎日の手紙のようなお弁当』（共にＰＨＰ研究所）など、多数。

本書は、2009年４月にＰＨＰエディターズ・グループより発刊された。

ＰＨＰ文庫　おとな時間の、つくりかた

2013年8月19日　第1版第1刷

著　者　山本ふみこ
発行者　小林成彦
発行所　株式会社ＰＨＰ研究所
東京本部　〒102-8331　千代田区一番町21
文庫出版部　☎03-3239-6259（編集）
普及一部　☎03-3239-6233（販売）
京都本部　〒601-8411　京都市南区西九条北ノ内町11

PHP INTERFACE　http://www.php.co.jp/

組　版　株式会社PHPエディターズ・グループ
印刷所
製本所　凸版印刷株式会社

ISBN978-4-569-76053-7

「朝に弱い」が治る本

スッキリした目覚めを手に入れる習慣

鴨下一郎 著

「朝に弱い」のは本当に低血圧のせい？——いつまでもベッドから起きられない現代人に、ぐっすり眠り、スッキリ目覚める秘訣を大公開！

定価四六〇円
（本体四三八円）
税五％

ココ・シャネル 女を磨く言葉

髙野てるみ 著

媚びない、おもねらない、妥協しない――。女性の自由を勝ち取った稀代のデザイナーココ・シャネルから、あなたへ贈る60のメッセージ。

定価五六〇円（本体五三三円）税五％